JN068620
「愛している、ヨゼフィーヌ」
「愛しています、アレックス」
二人は何度も愛をささやき、
触れるだけの口づけを繰り返し、
見つめ合い、微笑み合う。

ロイヤル・シンデレラ・ママ

皇帝陛下はシークレットベビーに父性本能全開ですっ!

すずね凜

Illustrator
コトハ

ジュエル文庫

Contents

※本作品の内容はすべてフィクションです。
実在の人物・団体・事件などには一切関係ありません。

序章

大陸を制覇したロマーニ皇国は、この二世紀の間、産業も文化も円熟し、安定した国情を保っていた。

先代皇帝のアレクサンダー・ロマーニ三世は、不世出の賢皇帝として国内外を治める一方で、唯一の妻皇妃ロザリンデをこよなく愛した。太平の世の中になると、アレクサンダー・ロマーニ三世は、妻を伴って郊外の別城で悠々自適の生活を送るべく、成人した皇太子アレックスに皇位を譲った。

若き皇帝アレックスは、まだ二十二歳にしてすでに、父皇帝に劣らぬ名皇帝との誉れも高かった。

ロマーニ皇国の首都から遥か、国境に近い辺境の地シュッガルト。

そのあたり一帯は、辺境伯アルトマン家の領地である。アルトマン伯爵の屋敷は、古めかしいがそれなりに立派な建物で、屋敷の裏に広い庭が広がっている。奥庭には、小さな石造りの離れがぽつんとあった。

そこに、一人の少女が孤独に暮らしていた。

彼女の名はヨゼフィーヌ——もうすぐ十八歳になろうとしている。

ウェーブのかかった艶やかな黒髪に、エメラルド色のぱっちりした瞳、色白でほっそりした肢体。息を呑むような美しい乙女だ。

彼女はとある理由から、赤ん坊の頃から遠縁のアルトマン伯爵家に身を寄せている。しかも、伯爵家では厄介者扱いで、ある程度の年齢になると、年寄りの侍女を一人つけられて、奥庭の廃墟同然だった離れに暮らすことを余儀なくされていた。

ヨゼフィーヌは、いつものとおり日の出とともに目覚めた。

小さなベッドひとつでいっぱいになりそうな狭い部屋で、まだ薄暗い中で素早く身支度を整える。主に台所を任せている老齢な侍女のアンナに、身辺の手伝いまでさせるのは忍びない。だから、幼い頃からなんでも一人でやるようにしているのだ。

アルトマン家の居候の身なので、着るものはアルトマン伯爵の妻や娘たちのお下がりを仕立て直して着ている。唯一、自分を産んですぐ亡くなった母の形見の小さなダイヤのネックレスだけが、身を飾るものだ。ふさふさした黒髪を無造作にうなじで束ねると、ヨゼフィーヌは腰に洗いざらしのエプロンを巻きつけ、部屋を出た。

狭い離れは、ヨゼフィーヌの部屋の他は、狭い食堂と台所、侍女のアンナの部屋のみだ。浴室もないので、ヨゼフィーヌは自室の桶(おけ)に水を張って湯浴みしている。

アンナを起こさぬように、忍び足で離れを出た。

離れの横にある物置から、バケツと枝切り鋏(えだきりばさみ)、ジョウロを取り出し、ゆっくりと庭に出ていく。

そこには、ヨゼフィーヌが世話をしている花々が、色とりどりに咲き誇っていた。

上り始めた朝日の中に、花々の花弁に宿った朝露がきらきらと宝石のように光って、幻想的な光景だ。

「おはよう、みんな」

ヨゼフィーヌは花たちに明るく声をかけ、水をやり、肥料を与え、虫を駆除し、余計な枝葉を切り落としていく。

毎日、こうして花々の手入れをすることが、孤独なヨゼフィーヌの唯一の心の慰めだった。

どんなに丹精込めて世話をしても、誰に見せるでもなく、誰に褒められるでもなく、花はいずれ散っていく。

その儚(はかな)さがまるで我が身ようで、ヨゼフィーヌはよけいに親身になって手入れに気持ちを込める。

自分もまた、この離れで若さも美しさもいたずらに無駄にしつつ、年老いていくだけなのだろう。

今が盛りと花開く年頃なのに、ヨゼフィーヌの心は悲哀と諦念に支配されていた。

第一章　没落令嬢の恋

ヨゼフィーヌの十八歳の誕生日が来週に迫った、早春のことである。

「アンナ、わたし、今日は裏の森で、庭に植え替えるエーデルワイスの苗を探してくるわね。昼過ぎには戻るから、それまでゆっくり休んでいなさいね。この頃、神経痛がひどいのでしょう？」

早朝、ヨゼフィーヌは台所で火をおこしているアンナに優しく声をかけた。

竈(かまど)の前に屈(かが)んでいた腰の曲がった老婆は、申し訳なさそうに声をひそめる。

「ありがとうございます、お嬢様。役立たずの年寄りで、申し訳ございません」

「役立たずなんて言わないで。幼い頃から親身に面倒を見てくれて、わたしの話し相手になってくれているだけで、十分、ありがたいのよ。お昼は一緒に食べましょうね」

アンナは嬉(うれ)しげに皺(しわ)だらけの顔をほころばせた。

「そう言っていただけると、救われます。お嬢様の大好きな、ひよこ豆のスープを煮ておきましょう」

「わあ、楽しみだわ。じゃあ、行ってきます」

ヨゼフィーヌは、小さなシャベルや水筒を入れた肩がけバッグをたすきに掛けると、アンナに軽く手を振って、部屋を後にした。

朝露に濡(ぬ)れた草を踏みしめながら、離れの裏手に広がる緑深い森に入っていく。

アンナは、この季節の森が一番美しいと思う。

長い冬が終わり、草木がいっせいに芽吹く時、自然の生命力を全身に感じて、自分まで気持ちが生き生きとしてくるからだ。

山裾の岩場には、白いエーデルワイスの花が一面に咲く。

今の時期に苗を取り分けて植え替えれば、初夏にはたくさんの白い花がヨゼフィーヌの庭を彩ってくれる。それが楽しみで、毎年ここに苗を採集に来るのだ。

岩場に辿(たど)り着(つ)くと、シャベルで岩の隙間に咲いているエーデルワイスを掘り起こそうとした。

ふと、顔を上げると、向こうの崖下に、何者かが倒れているのが見えた。ヨゼフィーヌはハッと息を呑んだ。

「え？　誰？　こんなところに？」

ヨゼフィーヌは、岩場に足を取られながらも、急いでそちらに駆けつけた。

青い服と青いマント姿の、長身の男性がうつ伏せに倒れている。

「もし、あなた、しっかりして」

近づいて声をかけてから、男性の艶やかな金髪の頭が、ざっくり割れて大量の出血があるのに気がつき、ぎくりとする。

思わず崖を見上げる。あの高いところから転落したのだろうか。

「大変、大怪我だわ」

ヨゼフィーヌは男性の側に跪くと、バッグから新しい手拭きを出し、そっと身体を抱き起こそうとした。

「うう……」

男性が掠れた声で呻いた。

息があることに安堵し、スカートが血で汚れるのもかまわず、ゆっくりと男性の頭を抱きかかえて、膝の上に乗せた。男性のうつ伏せの顔が、こちら向きになる。

「あ――」

刹那、ヨゼフィーヌは心臓が止まるかと思った。

血の気の失(う)せた蒼白(そうはく)な顔色だが、世にも稀(まれ)なる美貌の青年だったのだ。

年の頃は、二十代初めだろうか。艶やかな金髪に包まれた、彫像のように整った目鼻立ち、長い睫毛(まつげ)、形の良(い)い唇。彼の瞼(まぶた)が震えながら開く。その瞳は、空よりもなお澄んだ青色。

一瞬、見惚(みと)れてしまったヨゼフィーヌは、素早く青年の怪我をした頭に手拭きを巻きつけ、耳元に声をかけた。

「ひどいお怪我です。誰か、村の人を呼んできますから。街の病院まで、連れていってもらいましょう」

「ダメだ、人を呼ぶな——誰にも——」

すると、青年は重傷と思えないほどの力で、ヨゼフィーヌの腕をぎゅっと掴(つか)んだ。

苦しそうに顔を歪(ゆが)ませながら、青年はまっすぐヨゼフィーヌを見つめてくる。

その真摯な瞳の色にヨゼフィーヌは魅了されて、動悸(どうき)が速まり息が止まりそうになった。

「でも……」

「頼む——約束して」

縋(すが)るような声を出され、ヨゼフィーヌはこくんとうなずいた。

「わかりました、約束します」

「ありがとう――」

そこまでが限界だったのか、青年はがくりと首を垂れた。

「ああ、しっかりして！」

ヨゼフィーヌは、青年の腕を自分の肩にかけ、力を込めて起き上がらせた。

青年がよろよろと立ち上がる。

「とにかく、私の家へ行きましょう」

励ますように声をかけ、大柄な青年を抱きかかえるようにして、岩場を下りた。

青年はもはや声を出す力もなくなったようだが、恐るべき精神力で、よろめきながらもヨゼフィーヌに支えられて足を運んでいる。

小柄なヨゼフィーヌは必死に青年の身体を支え、森を抜けて離れを目指した。

「もうすぐです、もうすぐ……頑張って、頑張ってください」

青年が気を失わないように、しきりに励ましながら、ヨゼフィーヌは離れに辿り着き、身体ごと押しすようにして扉を開いた。

勢い余って、青年を抱きかかえたまま、どさりと床に倒れこんでしまう。

「アンナ、アンナ……っ」

声を嗄らすと、奥の台所からアンナが足を引き摺りながら出てきた。老婆は、見知らぬ血まみれの青年の姿に、ギョッとしたように息を呑む。

「お、お嬢様、その男は？」

「森で怪我をしていたのを、見つけたの。お願い、急いでお湯を沸かして、薬箱と、新しい布を用意してちょうだい」

ヨゼフィーヌの切羽詰まった声に、忠実な侍女は慌てて台所へとって返した。

ヨゼフィーヌは青年の耳元で、大声で呼びかける。

「さあ、家に着きましたよ。ベッドまで、あと少しだけ。立ってください！」

青年はその声に、ふらつきながらも立ち上がる。ヨゼフィーヌは自分の部屋に青年を導き、ベッドに横たわらせた。

「——すまぬ——あなた」

青年は声を振り絞ると、気が緩んだのか、そのまま失神してしまった。

「ああ、しっかりして、しっかり……！」

ヨゼフィーヌはしきりに呼びかけたが、青年は意識を失ったままだ。

「すぐに手当てしますからね」

アンナが準備したもので、青年の傷口を丁寧に洗浄し、傷薬を塗って包帯を巻いた。側で手当てを手伝っていたアンナが、小声で言う。

「お嬢様、どこのどなたか存じませんが、お召し物とお顔立ちから、きっと高貴な身分の方にちがいありません。母屋のアルトマン家に知らせて、そちらで医者を呼んでもらうほうが、よろしいかと――」

ヨゼフィーヌは、青年の言葉を思い出す。

『ダメだ、人を呼ぶな――誰にも――』

なにかきっと深い事情があるのだ。

それに、彼と約束したのだ。

ヨゼフィーヌはきっぱりと首を振った。

「いいえ。ここで看病します。アンナ、誰にもこの方のことを言ってはだめよ」

アンナはいつもは穏やかなヨゼフィーヌの厳しい口調に、目を瞬(まばた)いた。

「――わかりました。お嬢様のご命令ならば、アンナは死ぬまで口外いたしません――もう少し新しい布を持ってまいりましょう。おそらく、しばらくは高熱が出て、汗をたくさんかかれると思いますから」

アンナが部屋を出ていくと、ヨゼフィーヌは熱を持ち始めた青年の手を両手で握り、真摯な声を出した。

「大丈夫、ぜったいにお救いします。ぜったいに」

青年は三日三晩、ひどい高熱を出し、意識不明のままうなされ続けた。

ヨゼフィーヌは一睡もしないで、つききりで看病した。

青年の全身に吹き出す汗を丁寧に拭いてやり、水で絞った布を何度も取り替え、火のように燃える額を冷やした。青年が渇きを訴えるたびに、かさかさに乾いた唇の間から、冷たい水をスプーンで流し込んだ。

排泄（はいせつ）の介助ができないので、腰に乾いた布を巻きつけ、濡れるたびに取り替えた。

男性の裸体に触れるなど生まれて初めてだったが、青年の命を救いたい一心で、恥ずかしがる余裕もなかった。

（どうか生き延びて……どうか、元気になりますように……神様、神様、お願いです！）

心の中で祈り続けた。

懸命に看病するのは、もちろんヨゼフィーヌの優しい心根からだったが、もうひとつ、別の理由もあった。

ヨゼフィーヌは、ひと目で青年に恋をしたのだ。

生まれて十八年近く、触れ合う人間はほぼアンナのみ。

知り合いの異性といえば、母屋から月に一度、食料や日常品を届けてくれる無愛想な老侍従だけだった。

初恋も知らなかった。

年頃になると、本や歌などで異性に恋することの喜びを知り、乙女らしく密かに恋愛に憧憬を持っていた。

でも、辺境の地で、庭奥の離れにひっそりと暮らす身。叔父たちからは、厄介者扱いされている。貴族の身なのに、社交界にデビューすることもかなわない。誰かに恋することなど、永遠にないだろうとわかっていた。

それなのに——神様があまりに哀れだと、同情してくれたのだろうか。

神話の中の青年神みたいに麗しい青年と、こうして引き合わせてくれた。

きっと、最初で最後の恋。

名前も素性もわからないが、アンナの言うとおり、青年はやんごとなき身分の人だろう。

意識が戻り、傷が癒えれば、いずれ自分の元いた場所へ戻っていくに違いない。

(だから——今だけ。神様、今だけ、この人を独り占めさせてください。その代わり、命を賭けて看病いたします)

儚い恋心だった。

青年を看病して、四日目の朝のことだ。

ヨゼフィーヌは疲労困憊して、付き添い用の椅子の上で、ついうとうとしてしまった。

「――娘」

低く耳に心地よい声が呼びかけてくる。

ハッとして目を覚まし、顔を上げる。

ベッドに仰向けに横たわっている青年が、青い目を開いて顔だけこちらに向けていた。

「ああ……お目覚めに……！」

ヨゼフィーヌは安堵で胸がいっぱいになった。

そっと青年の額に手を当てると、熱はほとんど平熱に下がっていた。

「よかった、もう大丈夫ですよ」

優しく話しかけるが、青年は無表情でぼんやりとこちらを見上げている。

「あなたのご家族が、きっと心配しているでしょう。お名前を教えていただけますか？」

促すように声をかけると、青年の瞳が不安げに揺れた。

彼の唇がかすかに震えている。

「――わからぬ」

「え？」

青年は虚ろな眼差しでつぶやいた。

「私の名前——思い出せない。私は、何者だ？　何も思い出せない。頭が空っぽになったようだ」

「!?」

ヨゼフィーヌは声を失う。

青年は両手で顔を覆い、振り絞るような声で叫んだ。

「何もわからない！　何もだ！　私は、何も覚えていない！」

ヨゼフィーヌはその悲痛な声に、胸が抉られるような気がした。

「大丈夫です。すぐに思い出します。怪我の衝撃で、お忘れになってしまっただけです。きっと……」

青年の肩を抱いて、耳元で励ました。

「きっと、思い出します、だいじょうぶ。わたしが、それまでお世話しますから……！」

青年の肩がかすかに震えていて、その絶望感が直に自分に伝わってくる。ヨゼフィーヌは強く青年を抱きしめ、懸命に励ましの言葉をかけ続けた。

翌朝。

ヨゼフィーヌは食堂のソファの上で目を覚ました。

部屋のベッドは青年に与えているので、自分はそこで寝ることにしたのだ。青年の容体が心配で、起きてすぐに動けるように普段着のまま寝ている。

足音を忍ばせて離れを出ると、バケツや枝切り鋏を手にし、まだ薄暗い庭に出る。

朝咲きの薔薇(ばら)を探した。花開いている白い薔薇とピンクの薔薇を数本選んで切り取り、離れに戻る。

花瓶に切り取ったばかりの薔薇を活(い)けると、それを持って部屋に向かう。

扉をそっと開け、ベッドの上の青年の様子を窺(うかが)った。

青年はこんこんと眠っているようだ。

ヨゼフィーヌは静かに彼の枕元に近づき、ベッドの側の小卓に花瓶を乗せた。

「──っ?」

青年の瞼がぴくりと動き、小さな吐息とともに彼の青い目が開く。

「──いい香りだ」

ヨゼフィーヌはハッとして顔を振り向け、小声で答えた。

「起こしてしまいましたか？　花の香りは、人の気持ちを穏やかにし、記憶を呼び覚ます効果があると聞いて、庭から切り取ってきました」

青年は白皙(はくせき)の顔をわずかにほころばせた。

「花の香りで目覚めるなんて、とてもロマンチックな気がする」

初めて見る青年の笑顔は、艶やかな薔薇が開いたように魅力的で、ヨゼフィーヌは心臓の鼓動がにわかに速まるのを感じた。

昨夜は記憶を失ったことで、ひどく動揺していた青年だが、今朝はずっと落ち着いているように見えて、安堵した。

ヨゼフィーヌは、ベッドの側の椅子に腰を下ろし、心を込めて話しかけた。

「なにもかも忘れてしまったのは、とても不安でしょう。でもきっとすぐに思い出します。それまで、わたしが誠心誠意、お世話しますから。怪我をしたあなたをわたしが見つけたのは、きっと神様の御意思です。心配なさらず、早く怪我を治すことだけに専念してください」

青年は、じっとヨゼフィーヌを見上げた。

そんなに見つめられると、頬が熱くなってしまう。

「ありがとう——娘さん、あなたの名前は？」

「ヨゼフィーヌ、と申します」

「ヨゼフィーヌ——ヨゼフィーヌ」

青年は口の中で、何度もヨゼフィーヌの名を繰り返した。彼が声にすると、なんの変哲もない自分の名前が、とても素敵に響いて、胸がときめいた。

「ヨゼフィーヌ、だが、私は自分の名前すら思い出せない」

青年の悲哀に満ちた表情に、ヨゼフィーヌは心が甘苦しく掻き乱される。

「では、あなたが思い出すまで、ですが」

ヨゼフィーヌは、小卓の上の白い方の薔薇を指差した。

「この白い薔薇の名前は、アルバローズ。ピンクの方はローズマリー。ローズマリーは女性の名称ですから、あなたのことはアルバローズ、と呼びましょう」

青年の青い瞳に、嬉しげな光が宿った。

「アルバローズ――とてもよい名前だ」

ヨゼフィーヌはドキドキしながら微笑み返した。

アルバローズと名付けられた青年は、日ごとに体力を回復し、頭の傷も順調に癒えた。

だが、彼の記憶はなかなか戻らなかった。

日常生活のことは覚えているが、自分の過去のことがすっぽり抜け落ちてしまったようだ。ヨゼフィーヌはアルバローズの精神的な支えになろうと、常に彼に寄り添い看病し、励ましや優しい言葉をかけ続けた。

一ヶ月後。

月に一度、母屋から生活品が届けられる日が来た。

ヨゼフィーヌは、アルバローズの存在が伯爵家に知られることを恐れ、アンナに運び役の侍従とは戸口で応対するように命じた。

アンナは言われたとおりに、やって来た侍従を離れの扉の前で迎え、頼んだ品物を受け取り、必要な品物を書き出したメモを渡している。

台所で洗い物をしていたヨゼフィーヌは、戸口でアンナと侍従がなにかぼそぼそしゃべっているのを聞いた。ほどなく、扉が閉まる気配がした。

ヨゼフィーヌは荷物を運ぶのを手伝おうと、食堂の方に出ていった。

「ご苦労様、アンナ。アルバローズのことは、バレなかったでしょうね？」

アンナは荷物をほどきながら、深くうなずく。

「無論です、お嬢様。アンナは口が裂けても、お嬢様の秘密を守りますとも」

「侍従と、何を話していたの？」

アンナは小麦や砂糖などの重いものを受け取ろうと、手を差し出す。

アンナはわずかに口ごもり、小声で答えた。

「その——どうやら皇帝陛下が、地方視察の際に行方不明になられて——首都では大騒ぎになっているという噂だと、侍従が」

ヨゼフィーヌはかすかに眉を顰めた。

「皇帝家の話は、しないでちょうだい」

アンナはハッと顔色を変えた。

「も、申し訳ありません。気がきかず」

ヨゼフィーヌは思わず硬い態度になったことに気がつき、慌てて取り繕った。

「ううん、いいの。どうせ、こんな辺境には、首都のことなど関係ないもの」

ヨゼフィーヌは気を取り直し、荷物の中にあった新鮮なオレンジをひとつ手に取り、奥の自分の部屋に向かった。

「アルバローズ、起きてますか？」

軽く扉をノックして入る。

すると、アルバローズがベッドの端に腰を下ろしていた。

「まあ、一人で起き上がれたの？　ふらつきませんか？」

ヨゼフィーヌは慌ててベッドに歩み寄った。

アルバローズは安心させるようににこりとした。

「平気だ。気分もずっといい。そろそろ動くことをしないとね。寝てばかりいては、筋肉がなまってしまいそうだ」

ヨゼフィーヌは、身体を拭う際に見た彼の引き締まった肉体を思い出し、なぜだか顔が赫らむのを感じた。

「では、少し庭に出て見ますか？　今日はとてもよいお天気ですよ」

ヨゼフィーヌはオレンジをエプロンのポケットにしまうと、アルバローズに手を差し出した。

彼は素直に両手をそこに預けた。男らしい大きな手は温かく、ヨゼフィーヌは小さな手でしっかりと握り締める。

アルバローズは、ヨゼフィーヌに支えられてそろそろと立ち上がる。

「ゆっくり、ゆっくりとね」

すっくと立ち上がった彼は、小柄なヨゼフィーヌの頭二つ分も背が高かった。

アルバローズが目を瞬く。

「こんな小さな身体で、あなたは私を救ってくれたのか」

ヨゼフィーヌは彼を見上げながら、白い歯を見せた。

「見かけより、わたしは力持ちなんですよ」

アルバローズの身体を支えるようにして、一歩一歩歩き出した。足を動かすと、やはりアルバローズはわずかにふらつく。

「無理をしないで、わたしにもたれていいですから」

「うん、すまない」

押し付けられる青年の身体の感触に、ヨゼフィーヌは脈動が速まるのを感じた。これまでは、怪我人として看病してきたから、彼の肉体を意識したことがなかったのだ。

食堂に出ると、アンナが二人の姿を見て目を丸くした。

「アンナ、少しだけ庭を歩いてくるので、それまでにお茶の用意をしておいてね」

「はい、お嬢様」

アンナは無駄なことは言わず、戸口の扉を開けてくれると、そのまま台所へ引っ込んだ。

「さあ、外ですよ」

二人は庭に踏み出す。

「——眩しい」

アルバローズが目を眇めて、空を仰いだ。

折しも、庭は春の花が一面に咲き誇っている。

アルバローズがため息をついて、つぶやいた。

「なんと、美しい風景だ」

「わたしが手塩にかけて育てた花々です。さあ、そこのベンチまで行って、座りましょう」

庭の隅に設えてある木のベンチまで、二人はゆっくりと歩いていった。

ベンチに腰を下ろしたアルバローズは、わずかに息を乱す。

「ふう、たったこれだけで、息が上がってしまったよ。情けないな」

「病み上がりですもの、しかたないですわ」

隣に座ったヨゼフィーヌは、エプロンのポケットからオレンジを取り出した。

「水分をこまめに取りましょうね」

オレンジの皮を剝き、房をアルバローズに差し出す。柑橘系の爽やかな香りが、気持ちを清浄にさせるような気がした。

「はい、口を開けて」

アルバローズが目元を染める。

「いや、自分で――」

「病人は、看護人の言うことを聞くものよ。ほら」

ヨゼフィーヌが口元にオレンジを押し当てると、アルバローズは仕方なさそうに唇を開いた。口に放り込まれたオレンジを、彼はゆっくり咀嚼する。

「美味しい――」

ヨゼフィーヌはにこりと微笑み、さらに剝いた房を差し出す。

「さあ、もっと食べて」

アルバローズは、子どもみたいに素直にオレンジを食べ続ける。

ヨゼフィーヌは、そんなアルバローズの姿にうっとり見惚れてしまう。

柔らかな春の日差しが、頭に巻いた包帯から零れ出た彼の金髪にキラキラ反射し、白皙の顔に陰影に富んだ影が落ちて、この世のものとも思えないほど美しい。オレンジの汁で濡れた赤い唇がひどく官能的で、見つめていると思わずそこに触れてみたい衝動に駆られ、身体が熱くなった。

「あなたとこうしていると」

ぽつりとアルバローズがつぶやく。

「ひどく心が落ち着く。なにもかも忘れてしまった不安や恐怖が、薄らいでいく。景色も空気も、小鳥の声にも、生まれて初めて知るような新鮮な感動を覚える。ヨゼフィーヌ」

アルバローズが顔をこちらに振り向け、真摯な声で言う。

「ありがとう。あなたに命を救われたおかげで、なんでもない景色にすら心が震える」

ヨゼフィーヌは血流が速まり、熱い歓喜が全身に満ちていくのを感じた。

「いいえ、わたしこそ。世捨て人みたいに、離れに閉じこもって暮らしていたわたしの前に、アルバローズが現れ、どんなに生活に張りが出たことか」

アルバローズがかすかに綺麗(きれい)な眉を寄せる。

「あなたのような、若く気品に富んだ娘さんが、なぜこのような鄙(ひな)びたところに引きこもっているのだ？」

ヨゼフィーヌはそっと顔を伏せる。

「……聞かないでください」

すると、記憶は失っても生来の知性はそのままなアルバローズは、ヨゼフィーヌの気持ちを素早く察してこくんとうなずく。

「わかった。あなたが話したくないことは、言わなくてもいい。私は今はただ──」

アルバローズがそっと片手を、膝の上に置いていたヨゼフィーヌの手に重ねた。

「あなたと一緒にいたい──」

うつむいているヨゼフィーヌは、痛いほどアルバローズの視線を感じ、胸の奥に甘くやるせない感情が膨れ上がってくるのを止められなかった。

「……早くよくなりましょうね」

平静を装って、そう返すのが精いっぱいだった。

奥庭に、季節は穏やかに通り過ぎていく。

初夏を過ぎる頃には、アルバローズの頭の傷はずいぶんと回復し、包帯を外すことができた。

日々、アルバローズは体力を取り戻し、一人で歩くことも可能になった。自由に動けるようになると、彼は何か家のことを手伝いたいと言い出し、ヨゼフィーヌはそれならばと、一緒に花の手入れをすることを提案した。

毎日、二人は庭に出ては花の世話にいそしんだ。

呑み込みの良いアルバローズは、ヨゼフィーヌの指示をすぐに理解し、器用に剪定などできるようになった。

アルバローズのおかげで、裏庭は以前よりもさらに整備された。

「思っていた以上に、花の世話というものは難しいのだな。だがそれだからこそ、丹精込めた花が見事に開いた時の喜びは、なにものにも代え難い。素晴らしい作業だ」

彼は思っていた以上に花の世話を気に入ったようだ。ヨゼフィーヌに花のあれこれを質問し、自分で植物関係の本を熱心に読み漁り、知識を増やし腕を磨いていく。その姿に、記憶を失う以前のアルバローズは、勤勉で努力家であったろうと感じられた。

二人で相談して新しい種類の苗を植えたり、花壇の整備のやり方を話したりしながら、ヨゼフィーヌはこの上ない幸せを感じ、このまま彼の記憶が戻らなければいいのに、と密かに願ってしまう。

そんな自分勝手な思いを、ヨゼフィーヌは慌てて打ち消す。

（だめよ。この人の本当の幸せは、記憶を取り戻して、一刻も早く元の生活に戻ることなのだから。ヨゼフィーヌ、いい気になってはだめ。身勝手な願いをしてはだめ）

だが、秋口になって、ほぼ傷が癒えたにもかかわらず、アルバローズの記憶だけは回復の兆しを見せなかった。

彼の立ち居振る舞いには、常人とは一線を画した威厳と気品があり、階級の高い貴族の子息であることは間違いない。

ヨゼフィーヌは、いっそ母屋のアルトマン伯爵家にアルバローズのことを打ち明け、そちらから捜索してもらおうか、と考えた。

だが、なかなか思い切りがつかない。

だって、アルトマン家にアルバローズの身柄を託したら、おそらくもう世話をすることも話をすることも叶（かな）わなくなるだろう。

彼と離れることは、身を切られるより辛かった。

日々、アルバローズと暮らしているうちに、恋心はどんどん大きくなり、今はもう、彼がヨゼフィーヌのたったひとつの生きがいだったのだ。

そんな二人の様子を、アンナはただ黙って見守っていてくれた。

だが、ヨゼフィーヌは、苦悩せずにはいられない——アルバローズのほんとうの幸福を、考えずにはいられなかった。

ある夕刻のことである。

ヨゼフィーヌは庭のベンチにアルバローズと並んで座り、夕涼みを楽しんでいた。

アルバローズはベンチの背に深くもたれ、大きく伸びをした。

「ああよい風だね。もうすぐクロッカスを植える時期かな。春に咲くのが楽しみだ」

長めになった金髪がさらさらと風になびき、少し日に焼けて精悍さを増した横顔が美しい。捲り上げたシャツの袖から覗くたくましい腕の張りは、男らしくて魅了される。

ヨゼフィーヌは、彼の一挙一動を脳裏に焼き付けようと、じっと見つめていた。

そして、小さく息を吸うと、切り出す。

「アルバローズ、あなたの身の上のことだけれど……」

アルバローズはさっと身を起こし、表情を引き締めてこちらを見返してきた。

「私の身の上？」

「あのね、母屋はお世話になっている伯爵家なの。あなたのこと、そちらにお任せするのはどうかしら？　きっと、ここよりずっと贅沢なお世話をしてもらえるし、きちんと捜索もしてくれると思うわ。あなたのお身内が見つかれば、記憶が戻るのも早いと思うの。このままでは、あなたにほんとうの幸せが訪れないわ」

最後まで言い切るのは、苦しかった。

ずっと悩んでいた。でも、やはりアルバローズの幸せを考えたら、こんな田舎の貧しい離れに引き止めておくのは、彼のためにはならないのだ。

「――」

アルバローズは瞬きもせずに、こちらを凝視している。

その視線が熱くて、ヨゼフィーヌは息が詰まりそうだ。

「ヨゼフィーヌ」

アルバローズがおもむろに口を開いた。

「私も、この数ヶ月、何も考えないわけではなかった。自分が何者であるのかがわからないのは、不安で心細くて恐ろしい。でも、いつもそばにあなたがいて、親身に私を励まし、慰め、微笑ませてくれた。どれほど心が救われたことだろう」

アルバローズがそっとヨゼフィーヌの腕を握ってくる。

「私はね、このまま記憶が戻らなくてもいい、そう思っている」

「!?」

「ここであなたと暮らして、ずっと花の世話をしたい。そう、たくさん花を育てて、それを生業にするのもいいかもしれない。あなたとともに、そういう人生を歩むのは、決して私には不幸ではない気がするんだ」

「な、何を言っているの？　アルバローズ」

緊張して、握られた手に汗が滲んでくる。

ぎゅっと、アルバローズの手に力がこもる。

「私は、あなたを愛している」

「‼」

ヨゼフィーヌは呆然として、彼の言葉がうまく頭に入ってこない。

「過去の記憶は戻らないけれど、あなたと一緒に暮らした日々は、きっと今まで経験したことのない、素晴らしい時間だったと思う。なぜかそう確信できるんだ」

「アルバローズ……」

アルバローズはまっすぐヨゼフィーヌを見据え、ひと言ひと言、噛み締めるように言う。

「おそらく、私は初めて女性を愛したんだ。それは、なにものにも代え難い大切な気持ちだ。もう、私は失いたくない——だから」

アルバローズはせつなげに目を眇め、さらに手を強く握ってきた。

「ここに、あなたと一緒にいさせてほしい」

ヨゼフィーヌは、熱い喜びが込み上げて胸いっぱいになる。けれど、必死で理性を保とうとした。

「でも、でも……あなたには帰るべき場所があるはずよ。ここは、違う。あなたが療養しているだけの仮住まいだわ。あなたはこんなところで一生を終えるべき人では、きっとないもの」

「ヨゼフィーヌ」

ふいに、アルバローズの端整な顔が寄せられた。

彼の芳しい息が頬にかかったと思った瞬間、しっとりと唇を覆われる。

「……ん……」

刹那、何をされたのか理解できなかった。

アルバローズの柔らかな唇が、優しく自分の唇を撫でさすり、その甘やかな感触に背中がぞくぞく震えた。

初めての異性からの口づけだった。

ヨゼフィーヌは思わず目を閉じ、身体を強張らせて息を詰めた。

世界から音が失われ、ただ、アルバローズの熱い口づけの心地よさだけが全身に染み渡る。

永遠に続く時間のように思われたが、ほどなくアルバローズは顔を離した。

おずおず瞼を開けると、すぐ目の前にかすかに紅潮した彼の顔がある。

「愛している」

艶めいた、コントラバスの響きのような声がささやく。

ヨゼフィーヌはもはや、胸に溢れてくる激情を抑えきれなかった。

「アルバローズ……わたしも……わたしもあなたを愛しています。きっと、最初に崖下に倒れているあなたを見つけた時から、ずっと……」

アルバローズの青い目が潤んだように揺れた。

「ほんとうに――？」

彼の大きな両手が、壊れ物を扱うみたいにそろそろとヨゼフィーヌの顔を包んだ。

毎日の庭仕事で、少し硬くなった手の温もりに、ヨゼフィーヌは泣きそうなほどの幸せを感じる。アルバローズの手に自分の手を添え、真摯な眼差しで見返した。

「ほんとうに。愛しています。こんなに誰かを愛したことなど、なかったわ……」

「ああ、ヨゼフィーヌ、ヨゼフィーヌ、夢みたいだ」

アルバローズが深くため息をつき、再び唇を重ねてきた。

「ふ……ん……ん」

強く弱く、唇を何度も押し付けられ、顔の角度を変えては小鳥の啄(ついば)みのように唇を撫でられる。ヨゼフィーヌは息をするのも忘れて、うっとりと口づけを受け入れた。

長い長い口づけの甘美さに、頭がぼんやりと霞(かす)んでいく。

「んぁ……んん……」

いつしか身体の強張りが解け、全身から力が抜けていく。思わず両手でアルバローズの袖にしがみついた。

やがて、ちゅっと音を立ててアルバローズの唇が離れると、ヨゼフィーヌは大きく息を吐き出して、そのままぐったりと彼の身体にもたれていた。

「好きだよ、ヨゼフィーヌ」

力を失ったヨゼフィーヌを、アルバローズが強く抱きしめてきた。

広くたくましい胸に顔を押し付けると、少し汗ばんだ男らしい香りが鼻腔(びこう)を擽(くすぐ)り、胸が妖しくドキドキときめく。

「愛している、離したくない。あなたと離れたくない。ずっとあなたと一緒にいたい」

ヨゼフィーヌの髪に顔を埋め、アルバローズがつぶやく。

温かな腕の中で、ヨゼフィーヌは幸せすぎて涙が溢れてくる。

「わたしも、離れたくない。ああ、アルバローズ、ほんとうにいいの？　わたしとここで暮らしても、いいのね？」

「そう言ったろう？　ねえ、ヨゼフィーヌ、私の心からの気持ちはね——」

おもむろに、身体を引き剝がしたアルバローズは、ヨゼフィーヌの華奢な両肩に手を置き、熱のこもった表情で、絞り出すような声を出す。

「あなたを生涯で、たった一人の女性にしたいんだ」

「え——」

ヨゼフィーヌは心臓がばくんと跳ね上がり、息が止まりそうになった。

「——結婚してほしい。私は、今はなにもない。身分も財産も名前すら、ない。でも、あなたを想う気持ちだけは誰にも負けない。この愛をあなたに捧げる。あなたを守り、幸せにすることに命を賭けよう。ヨゼフィーヌ、受け入れてはくれないか？」

「っ……」

頭がくらくらして、声を失う。

こんな幸福でいいのだろうか。

愛する人と出会えたばかりでなく、彼も自分も愛してくれて、その上に生涯を共にしたいと言ってくれる。

生まれて十八年間、生きているという実感もないまま、息を殺すようにして、奥庭に引きこもって暮らしてきた。そんな自分に、こんな夢のような歓喜の瞬間が訪れようとは。

もう、今ここで死んでもいい、とすら思った。

ヨゼフィーヌが無言でいるので、アルバローズの視線が不安げに揺れた。彼の目元が、恥じたように赤く染まる。アルバローズは、のろのろとヨゼフィーヌの肩から手を外した。

「ああ、すまない。困惑させてしまったか。そうだよな。こんな氏素性もわからぬ男から、求婚されたって――」

ヨゼフィーヌはハッと我に返り、笑みを浮かべて答えた。

「いいえ、あなたはあなたで、それ以上なにもいらないわ、アルバローズ」

自分から腕を差し伸べ、アルバローズの手を取る。

「好きよ、アルバローズ、世界中の誰よりも愛しています――わたしなんかでよければ、どうか妻にしてください」

みるみる、アルバローズの顔が明るくなる。

「ヨゼフィーヌ、ほんとうに？」

「ええ」

ひしとアルバローズが抱きしめてきた。

「あ、ああ、嬉しい、嬉しいよ、ヨゼフィーヌ」

彼の声が、喜びのあまり上ずっている。

ヨゼフィーヌはアルバローズの背中に手を回し、しっかりと抱きついた。

彼の少し速い鼓動が、引き締まった筋肉の感触が、熱い息遣いが——全身に染み渡り、愛(いと)おしさが溢れてくる。

「愛しているわ、アルバローズ」

「愛しているよ、ヨゼフィーヌ」

二人は何度も愛をささやき、強く強く抱きしめ合った。

その晩。

ヨゼフィーヌは寝間着にガウンを羽織り、いつものようにおやすみを言おうと、部屋に赴いた。

昼間、愛を誓い合ったばかりで、寝室に入るのがなんだかひどく気恥ずかしい。

アルバローズは、裾の長い寝間着に着替えて、ベッドの端に腰を下ろしていた。

「おやすみなさい、アルバローズ」

ヨゼフィーヌはアルバローズの額に軽く唇を押し付けると、小卓の上の燭台(しょくだい)の灯(あか)りを吹き消そうとした。

「待って、ヨゼフィーヌ」

アルバローズが小声で呼び止める。

「え?」

振り返ると、アルバローズはひどく熱っぽい目でこちらを見つめていた。

彼はひとつ大きく息を吸うと、低く艶めいた声で言った。

「おいで——ここに」

「っ……」

ベッドに来いというのだ。

その意味を知らぬほど無知ではない。

心臓がばくばくいいだした。

「でも……わたし……」

アルバローズが優しく目を眇める。

「今夜、あなたと結ばれたい」

かあっと全身の血が滾るのを感じた。

アルバローズが手を差し伸べる。

「あなたを――ずっと想っていた。あなたへの愛が深まると、私は頭の中で、何度もあなたを抱く想像をした。だが、そんな淫らな気持ちを、必死で押し殺してきたんだ。あなたを傷つけたくない、汚したくない。でも――互いの想いが一緒なら、もう許されるだろうか？　あなたのすべてが、欲しいんだ」

正直で誠実な彼の言葉に、ヨゼフィーヌの身体の芯のどこかがじわりと妖しい熱を帯びてくる。生まれて初めて、異性に欲情するという感覚を味わった。

口から心臓が飛び出しそうなほど緊張していたが、唾を何度も呑み込み、声を絞り出した。

「ええ、アルバローズ……わたしも、あなたが欲しい」

アルバローズの手に自分の手を預けると、驚くほど汗ばんでいて、彼も緊張しているのだとわかり、少しだけ気持ちが落ち着くような気がする。

そっとアルバローズが手を引き寄せ、自分の傍に座らせると、彼の片手が梳き流した髪に触れてくる。

「愛しているよ、ヨゼフィーヌ」

　真摯な青い瞳がまっすぐに見つめてきて、脈動がますます速まる。

「わたしも、愛しています」

　小声で答えると、美麗な顔が寄せられ、唇を喰むような口づけをされる。

「ん……」

　優しく髪を撫でられ、触れるだけの口づけを繰り返されているうちに、次第に気持ちが落ち着いてくる。

　と、ふいに何か濡れたものがぬるりと唇に触れてきた。

「あ、んっ？」

　アルバローズの舌先が唇を舐めてきたのだ。

　驚いて声を上げそうになり、唇がわずかに開く。すると、そこから彼の舌がするりと潜り込んできた。

「んぅっ……？」

　目を見開いて身体を強張らせている隙に、アルバローズの舌がゆっくりとヨゼフィーヌの口腔を探ってきた。

「んんー、んっ……んっ」

唇の裏側、歯列、口蓋、喉奥まで丹念に舐め回され、ヨゼフィーヌは息をするのも忘れてしまう。こんな深い口づけがあるなんて、知らなかった。

決して不快ではないが、どうすればいいのかわからず、されるがままになっていると、最後にアルバローズの舌は、ヨゼフィーヌの舌を探り当てて、絡めてきた。

ちゅうっと音を立てて強く吸い上げられた。

その刹那、背中から腰にかけて、未知の甘い痺れが走り、ヨゼフィーヌは頭が真っ白になる。思わず身を引こうとすると、髪を撫でていたアルバローズの手が後頭部を抱え、逃さないとばかりに押さえつけてしまう。

そのまま、くちゅくちゅと淫らな水音を立てて舌を擦られ、嚥下できない唾液を啜り上げられ、さらに何度も強く舌を吸い立てられる。

「んぅ、ふ、んんんっ、っ」

下腹部に、ずくんと妖しい疼きが生まれ、一度強張っていた身体から、みるみる力が抜けていく。

「んゃ、あ、ふぁ、ん、んん、んぅ……ゃ」

全身に甘美な痺れが広がり、胸がせつなく締め付けられる。

理性が蕩けて腰が抜けそうになり、思わずアルバローズの寝間着にしがみついた。

アルバローズの舌は、次第に大胆にヨゼフィーヌの口腔を蹂躙してくる。

「は……ふぁ、あ、ん、やぁ……ん、んぅ」

思うように息ができず、意識が甘く霞んでくる。体温がどんどん上昇し、悩ましい鼻声を止められない。

アルバローズは顔の角度を変えては、執拗にヨゼフィーヌの舌を狩り立て、そうしながら空いている方の片手がガウンをするりと引き下ろし、寝間着の背中に回り、ねっとりと撫で下ろしてきた。

その艶かしい感触に、背中がぞくぞく震え、身体の芯が蕩けてくる。

「く……ふ、ぁ、あ、あふぁ……ぁ」

濃厚な愉悦が絡んだ舌から下腹部を襲い、自分の恥ずかしい部分がもどかしいような疼きにひくつくのがわかった。

アルバローズが息を乱し、わずかに唇を離して、色っぽい喘ぎ声でささやく。

「は――ぁ、ヨゼフィーヌ、愛している、愛している」

欲情に掠れた彼の声に、腰がぶるっと淫らに震える。

「あ……ぁ、わたしも、愛してる……ん、んぅ」

再び深い口づけを仕掛けられ、背中を撫でていたアルバローズの手が、ゆっくりと前に移動し、そのまま寝間着越しに胸の膨らみを揉み始めた。

「んんっ……」

異性に身体を触れられたのは初めてで、動揺してしまう。

しかし、深く舌を絡められたまま、円を描くように乳房を揉みしだかれると、得も言われぬ心地よさが生まれてきた。

そして、どういう身体の仕組みなのか、服地の内側で乳首が硬く凝って、ツンと尖ってくるのがわかった。

アルバローズのしなやかな指先が、そこを掠めるみたいに触れてきた瞬間、びりっと鋭い快感が襲い、腰が大きく跳ねた。

「んぁあ、あ、あぁっ？」

鋭敏になった赤い蕾を、アルバローズの指が触れるか触れないかの力で撫で回してくると、ぞくぞくした甘い痺れが下腹部に何度も走り、居ても立ってもいられない気持ちになる。

「ぁ……やめ……だめ、そんなとこ……ぁ、あぁ……」

口づけの間から、声を振り絞る。

「ふ――乳首が勃ってきた――感じているんだね？　もっと触らせて。もっと、感じさせてあげたい」

アルバローズはため息交じりにつぶやくと、ヨゼフィーヌの舌を吸い上げながら、乳首をきゅっと摘み上げた。一瞬の痛みの後、じんと熱い淫らな疼きが下腹部に広がっていく。

「つ、んんっ、あ、あ、ぁ」

鋭敏になった乳首を交互に擦られ、摘まれ、撫でさすられ、悪寒にも似た震えが全身を駆け巡り、子宮の奥の方が妖しくざわつく。

自分の恥ずかしい部分が疼いてたまらなくなって、腰がもじもじするのを止められない。

「はぁ、あ、やめ……お願い、アルバローズ、わ、わたし、なんだか、おかしく……」

顔を引き剝がすようにして口づけから逃れ、息も絶え絶えで訴える。

するとアルバローズは潤んだ瞳を満足げに眇め、かすかに微笑む。

「顔が赤くなって、なんて可愛い――恥ずかしがるあなたは、とても色っぽい。それに、あなたの胸、焼きたてのパンみたいに柔らかくて。美味しそうだ。齧り付きたくなる」

「え？　齧り……」

ぼうっとしているうちに、アルバローズはヨゼフィーヌの前開きの寝間着のリボンを、しゅるしゅると解いてしまう。

はらりと寝間着の左右が開き、素肌の乳房がふるんとまろび出た。

「あっ、きゃ……っ」

思わず胸を隠そうとするが、両手首を摑まれ、手を押しのけられた。

アルバローズは、息を詰めて胸元を見つめている。

「ああ――真っ白で豊かで――でも乳首は初々しく慎ましい。なんて美しい、なんて素晴らしいんだ」

「いや……そんなに見ないで……」

ヨゼフィーヌは上気した顔をうつむけ、消え入りそうな声を出す。彼の視線に晒されるだけで、乳首がますます硬く尖って、ずきずき脈打つようだ。

アルバローズはおもむろに胸の谷間に顔を埋め、深く息を吸った。

「すべすべして、甘い香りがする」

さらさらしたアルバローズの金髪が肌を擽り、高く硬い鼻梁が乳房を撫で回してくると、恥ずかしいのに心地よくて、ヨゼフィーヌは拒むことができない。

「味わわせて、あなたの肌を」

アルバローズが乳房に優しく口づけを繰り返し、やがて乳首を咥え込んできた。

「……あっ、あ、んぅぁっ」

熱い口腔に吸い込まれた乳首を、ぬるつく舌がゆっくりと舐め回す。

それは、指で触れられるより何倍も心地よかった。

「やぁ、舐めちゃ……あ、あぁ、あ、あぁ……」

痺れる快感が背筋から下肢を直撃し、甘い鼻声が止められない。

恥ずかしくて歯を食いしばろうとするが、声を抑えると余計に媚肉の疼きは堪え難いものになって、どうしようもなくせつない。

臍の下あたりがきゅうきゅう収縮して、それを抑えようと膝を擦り合わせると、なにかぬるっと滑るような感触がした。

「あ、あぁ、だめ、アルバローズ、も、やめ……ぁ、はぁ、は、あ……」

恥ずかしいのに、もっと触れられたいような、もっと擦って欲しいようなはしたない欲求が膨れ上がり、ヨゼフィーヌの理性を苛む。

「やめない——だって、あなたがとっても感じているもの。もっとして欲しいって、身体が言っている」

アルバローズは、さらにちゅっちゅっと猥りがましい音を立てて、乳首を吸い上げてくる。そのたびに官能の悦びが全身を駆け巡り、背中がびくびくと引き攣った。

「ん、ふ、ぁ、は、あぁ、は……ぁ」

濃厚なお酒に酔ったみたいに、頭が快楽に酩酊していく。

　アルバローズの濡れた舌が乳首を嬲りながらうごめくたび、下腹部に尿意にも似た耐え難い疼きがどんどん溜まってしまい、身体が淫らに波打った。

「すごく感じているね――ここは、どう？」

　乳房から顔を上げたアルバローズが、耳元に熱い息を吹きかけてくる。その感触だけで、下肢が溶けてしまうかと思うほど感じ入ってしまう。

「こ、ここ……って？」

「ここだよ」

　アルバローズは片手で鋭敏な乳首をもてあそびながら、もう片方の手をゆっくりと下腹部へ下ろしてくる。寝間着の裾が捲り上げられ、剝き出しになった太腿にそろそろと彼の手が這い上がってきた。

「あ、や……っ」

　アルバローズの指が核心部分に迫ってくるのを感じ、思わず膝を固く閉じ合わせる。

「ヨゼフィーヌ、だいじょうぶ、怖がらないで――もっと気持ち悦くしたいだけだから」

　アルバローズがあやすように声をかけ、そっと両足を押し開かせた。

「あ」

　彼の指先が、薄い恥毛をさわさわと撫で、閉じた花弁にそっと触れてきた。

割れ目に沿って指先が撫でてくると、擽ったいような心地悦いような感覚に、びくんと腰が浮く。

「すごく、濡れている」

アルバローズが密やかにため息をつき、彼の指先がぬるぬると秘裂を上下する。

「ぬ、濡れ……？　あ、だめ、あ、ぁ、あぁ……ん」

疼き上がった蜜口の浅瀬を、濡れた指が優しくかきまわす。そこから疼くような熱とどうしようもない性感の欲望が溢れてきて、隘路の奥からさらにとろとろとはしたない液が溢れてくるのがわかった。

「ん、ん、あ、あ、は、はぁ……ぁあ」

さらに指の動きが滑らかになり、その心地悦さに自分の身体がアルバローズのために、どんどん開いていくのがわかる。

「熱いね——蜜が溢れて——ここも、感じる？」

アルバローズが少し乱れた息を耳孔に吹き込み、指先がほころんだ花弁のすぐ上に佇む、小さな突起に触れてきた。

鋭い愉悦が全身を一瞬で駆け抜け、ヨゼフィーヌは目を見開いて腰をびくんと跳ね上げてしまった。

「っ、あっ？　ああっ、やあっ」

感じたことのない凄まじい性的な快感に、頭が真っ白になった。

「すごい反応だ。この小さな蕾はね、女性が一番感じる部分だという——ほんとうに、そのとおりだ。ああ、どんどん溢れて——」

アルバローズが感に堪えないような声を出し、蜜でぬるついた指で、ぷっくり膨れたその部分を円を描くようにして優しく撫で回した。

自分にこんな淫らな器官があるなんて、今まで知らなかった。

そこから生まれる快感は、目も眩むほどに凄まじく、耐え難いのにもっとして欲しいような、不可思議な感情に支配される。

「んぅ、く、んんぅ、あ、だめ、そんなに触っちゃ……あ、あぁ……っ」

恥ずかしい嬌声が止められず、感じるたびに両足が求めるように大きく開いてしまう。

あまりに感じすぎて、我を忘れてしまいそうだ。

「は、あ、も、しないで……やぁ、あ、こ、怖い……」

アルバローズの寝間着にしがみつき、ぷるぷると首を振る。

「いいんだ、このまま気持ち悦くなってしまうんだ、ヨゼフィーヌ」

アルバローズは指の動きを止めるどころか、指先で陰核の包皮を捲り下ろすと、剝き出しになった花芯を執拗に撫で回してきた。

痺れる快感が甘い毒のように全身に染み渡り、思考は完全に停止してしまう。

全神経はアルバローズの指の動きに集中して、ただ彼の与える快楽だけを貪った。

「あ、あぁ、だめ、あ、だめ、はぁ、あぁん、んん」

「なんて可愛い声で啼くのだろう――ほら、こうしたらどうかな?」

アルバローズの声も、興奮で掠れている。

彼は充血しきった鋭敏な秘玉を、そっと押し付けて小刻みに揺さぶってきた。

刹那、目の前に悦楽の火花がばちばちと散った。

「はああっ、あ、ああ、ああっ」

ヨゼフィーヌは大きく仰け反り、甲高い悲鳴を上げてしまう。

「あっ、だめ、だめ、そんなにしちゃ……あ、ぁ、あ、だめぇ……っ」

ヨゼフィーヌはがくがくと全身を震わせ、強すぎる刺激から逃れようとした。だが、アルバローズは素早くヨゼフィーヌの背中を抱きかかえ、身動きできないようにしてしまう。

そのまま、追い立てるように指を動かし続けた。

「あ、あ、ああ……」

隘路がひくんひくんと戦慄き、何かを締め付けたいような欲求が高まってきた。

乱れた姿を見られていることが恥ずかしくて、ぎゅっと目を瞑ると、目尻から歓喜の涙が零れ落ちる。

「そら、このまま達っていいんだ。気持ち悦さを極めてしまうんだ。ヨゼフィーヌ」

声を乱しながら、アルバローズの濡れた舌が、ぬるりと耳殻を舐めてきた。

「ひゃぁう、んんっ」

ぞくりとする刺激に、肩がびくついた。

その直後、身体の奥に渦巻いていた悦楽の奔流が堰を切って、大きな波となって押し寄せてくる。爪先に力が入り、全身が強張ってきた。

「どうして……あ、なにか……なにか、くる……っ」

意識がその大波に攫われていく。

もう気持ち悦いとしか感じられず、閉じた瞼の裏でちかちかと絶頂の閃光が煌めく。

何かが身体の奥で弾け、溢れ、息が詰まり、何もわからなくなる。

「——ああっ——あ……あああぁあっ」

ヨゼフィーヌはびくびくと腰を痙攣させ、生まれて初めて、性的な絶頂を極めた。

「……ぁ、あ、ぁ……は……ぁ、はぁ……はぁぁ……」

ほどなく身体の強張りが解け、ヨゼフィーヌはぐったりとアルバローズの腕の中に倒れこんだ。

忙しない呼吸が戻るとともに、全身からどっと汗が吹き出した。

「――初めて、私の手で達したんだね。愛しいヨゼフィーヌ」

ヨゼフィーヌの髪に顔を埋め、アルバローズがささやく。そのまま、上気した額や頬に、ちゅっちゅっと口づけを落とす。

「……ぁ、ん……」

ヨゼフィーヌまだ夢見心地だ。

秘玉に触れていたアルバローズの指が、ひくつく媚肉をゆっくり突いた。

「あっ」

節くれだった男らしい指が、ぬるりと蜜口の奥に侵入してきた。

体内に異物が挿入される感触に、ヨゼフィーヌはぶるりと身震いする。

でも、一度極めてとろとろに蕩けていた隘路は、案外やすやすと彼の指を受け入れてしまう。快楽に昂ぶっている隘路が無意識に、ひくひくとアルバローズの指を締め付けてしまう。

「きつい――でも、嬉しそうに私の指をしゃぶってくるね」

アルバローズは慎重に探るように、柔襞の中を掻き回す。

「あ……だめ、指、動かしちゃ……ぁ、ぁあ」

身を竦ませようとすると、アルバローズがあやすように、頬や目尻に口づけの雨を降らせてくる。

「辛い？　まだ挿入りそうだ」

「ん……ん、だいじょ……ぶ、です」

ゆるゆると指の根元まで突き入れられ、それからゆっくりと抜け出ていく。そして、再び押し入ってきた。

「あ……ん、ん……ふ……」

くちゅくちゅと恥ずかしい水音が立ち、疼き上がった膣壁を長い指が擦っていく感触が、心地悦くなってくる。

「これ、気持ち悦い？」

耳元で艶めいた声で聞かれ、頬を染めながらこくんとうなずく。

「は……い」

秘玉をいじられていた時とはまた違う、じわりと迫り上がってくる甘苦しいような感覚を、ヨゼフィーヌは目を閉じて味わう。

「ヨゼフィーヌ、ヨゼフィーヌ」

耳元で色っぽく名前を呼びながら、アルバローズは指の動きを速めていく。

「あ、あぁ、ん、んんぅ、や、そんなに……っ」

長い指が、ぐっと最奥を突き上げてくると、圧迫感とともに濃密で深い快感が襲ってきて、無意識に媚肉がぎゅうっと収縮してしまう。

これ以上されると、身体から魂が抜けてしまいそうな感覚に怯(おび)えて、アルバローズの手首を弱々しく抑えた。

「だ、め、も……これ以上……だめ……」

「すごく締まってくる――感じているんだね、ヨゼフィーヌ、止めないで、気持ちを解放して――」

アルバローズがあやすみたいに、目尻に溜まった涙を唇で受け、顔じゅうに口づけの雨を降らせてくる。

そうしながら、人差し指で奥を擦り立てながら、親指が鋭敏な花芽をいじってきた。

「んあっ、んん、ん、あ、あぁ、あ、ああ、やあ……っ」

鋭い悦楽と重苦しい快感が同時に襲ってきて、腰が浮いて全身が硬直してくる。

先ほどの秘玉の刺激からもたらされた絶頂より、さらに深い限界に届きそう。

アルバローズの指が、恥骨の裏側あたりをぐぐっと押し上げた瞬間、一気に熱い波が襲ってきた。

「だ……め、あ、だめ、も……ぅ、いや、あ、いやあぁあっ」

ヨゼフィーヌは、腰をがくんがくんと跳ね上げ、激しく達してしまう。ぎゅうっと膣襞が収斂して、アルバローズの指を強く締め付けた。

瞬間、強張った全身からがくりと力が抜け、媚肉の締め付けが緩んだかと思うと、恥ずかしいほど大量の愛蜜が溢れ出て、シーツを淫らに濡らすのがわかった。

「は……っぁ、は……ぁ、あ……」

息が上がって、心臓がドキドキしている。

はしたなく感じてしまったのが恥ずかしく、アルバローズの胸に顔を強く押し付けた。

ぬるりと彼の指が抜け出ていき、その喪失感にすらぶるっと腰が震える。

「悦かったんだね？　ヨゼフィーヌ、あなたの身体は、なんて素直で魅力的だろう」

優しく背中を撫でていたアルバローズは、そのままゆっくりとヨゼフィーヌの身体をシーツの上に押し倒してきた。

「あ……」

まだ快楽で焦点の合わない目で彼を見上げると、彼の美麗な面立ちに、見たこともない野性的な色が浮かんでいる。

「私を、受け入れてくれるか？」

ヨゼフィーヌはわずかに恐怖を感じるが、こくりとうなずく。

アルバローズが決してヨゼフィーヌを傷つけたりしないと、わかっていた。

アルバローズは、素早く自分の寝間着を脱いだ。

「っ――」

ほの明るい部屋の中に、生まれたままの男の姿が浮かび上がる。

この数ヶ月の庭仕事で、離れに連れてきた当時より、ずっとたくましく引き締まっている。

その彫像のような肉体美に、思わず目を奪われてしまう。

けれど、視線が彼の股間に下りた瞬間、ヨゼフィーヌは衝撃を受けた。

生まれて初めて見る、興奮した男性の欲望。

それまで、看病していた時に、アルバローズの男性器を見てはいたが、それとは大きさも形状もまるで違っていた。

太くたくましく赤黒く屹立（きつりつ）したそれは、禍々（まがまが）しいほど迫力がある。

あんな凄まじいものが、自分の中に入ってくるのか――あり得ない。

目を見開いて顔色を変えたヨゼフィーヌの様子に、アルバローズが気遣うように声をかけてくる。

「私が、怖い？」

ヨゼフィーヌは息を吐き、素直に答えた。

「少しだけ……でも、きっと、大丈夫。あなただけのものになりたい。あなたの妻になりたい。きっと、これは素晴らしい行為だと思うの」

「――ヨゼフィーヌ、愛している」

アルバローズはため息のようにささやき、すでにはだけていたヨゼフィーヌの寝間着をするりと剝ぎ取った。

「あ……」

互いに生まれたままの姿になった。

「綺麗だ――どこもかしこも真っ白で、汚れがなくて」

まじまじとこちらを見つめる彼が、掠れた声でつぶやく。

「あなたのすべてを、奪うよ」

アルバローズがゆっくりと覆いかぶさってきて、ヨゼフィーヌに口づけを仕掛けてくる。

みっしりした男の肉体の重さに、胸が熱くなる。

「……ん、ふ、んんぅ」

舌を絡める情熱的な口づけに、不安だった気持ちがとろとろに蕩けていく。

「ヨゼフィーヌ、好きだ、愛している」

口づけの合間に、アルバローズはひっきりなしに愛の言葉をささやく。

「わたしも、好き、大好き、アルバローズ」

ぎこちなくも彼の口づけに応えながら、ヨゼフィーヌも返す。

おもむろに、アルバローズの長い脚が、ヨゼフィーヌの両脚の間に差し込まれ、押し開いた。そして、そっと腰を押し当ててきた。

硬い。

刹那、そう思う。

男の腰の硬さ、恥毛の硬さ、そして、蜜口にゴツゴツ当たる屹立——なにもかもが、硬い、と思う。

どこもかしこも柔らかい自分の肉体と、なんと違う感触なのだろう。

直後、胸いっぱいに溢れてくるのは愛おしさだけだ。

アルバローズのすべてが愛おしい。

もう、性愛に対する恐怖はなかった。

「きて、アルバローズ、わたしを愛してください」

彼の首に両手を巻きつけ、ぎゅっと引き寄せる。

「ヨゼフィーヌ——挿入れるよ」

アルバローズが切羽詰まったような声を出し、腰を沈めてきた。

「ん、あ、ぁ……」

熱い先端が、濡れそぼった蜜口を探り当て、ぬるりと押し入ってくる。

「あ、あ、ん、ぁん」

灼熱(しゃくねつ)の塊が、くちゅくちゅと蜜口の浅瀬を掻き回した。指よりも大きく柔らかく、媚肉を掻き回してくる。

それがひどく心地悦く、悩ましい鼻声が漏れてしまう。

やがて、アルバローズはじりじりと腰を押し進めてきた。

「う、あ、ああ」

隘路が押し広げられる圧迫感に、背中が仰け反る。

動きをわずかに止めたアルバローズが、せつない声で聞いてくる。

「痛いか?」

彼の呼吸が乱れて、声が掠れている。

こういう時の男性の気持ちはわからないが、行為を止めることが彼には辛いだろうということは、推測できた。

「いいえ、平気、どうか、このまま……」

汗ばんだアルバローズの首筋に顔を埋めるようにして、目を閉じる。

「うん」

アルバローズの欲望が、再びじりじりと前進してくる。

「っ……」

痛みというより、隘路が引き攣るような感覚に、思わず下腹部に力が入った。

するると、アルバローズが大きく息を継ぐ。

「く──狭くて──押し出されそうだ、ヨゼフィーヌ。もう少し、力を抜いて」

「あ、ど、どうすれば……」

「ゆっくりすると、余計にあなたが緊張してしまうのかもしれないな」

そうつぶやいたアルバローズが顔を寄せてきて、強く唇を貪った。

「んあ、あ、ふ、あぁ、ん」

舌を奪われ、強く吸い上げられ、意識が一瞬甘く飛ぶ。

その直後、アルバローズが一気に貫いてきた。

「んんーーーっ」

指とは比べものにならない圧倒的な質量と熱量に、ヨゼフィーヌは目を見開く。隘路をめりめり切り開かれた激痛が一瞬あったが、最奥まで届いた瞬間、アルバローズが動きを止めたので、残ったのは、せつなく胸が苦しいほどの圧迫感だけだ。

「は——あ、ぜんぶ、挿入ったよ、あなたの中に」

アルバローズが大きく息を吐いた。

「わかる？　あなたの中がぴくぴく私を締め付けて——熱くてぬるぬるして、すごく心地悦い。ああ、想像していた以上に、素晴らしいよ」

彼の声が感動に打ち震えている。

ヨゼフィーヌは、自分の内側でどくんどくんと脈動する欲望の存在を生々しく感じ、とうとう結ばれたのだという感慨に、涙が溢れてきた。

その涙を、アルバローズが唇で吸い上げる。

「痛い？　苦しいか？」

ヨゼフィーヌはふるふると首を振る。

「いいえ——嬉しくて、泣けてくるの。愛する人と、初めてひとつになれたの。ああ、夢みたいです」

アルバローズが愛おしげに、何度も触れるだけの口づけを繰り返した。

「可愛い、私のヨゼフィーヌ」

「私も、あなただけのものだ。約束する。あなただけを生涯、愛すると」

「わたしも、あなただけ。愛する人は、あなただけです」

彼の口づけに応えながら、涙ぐみながら告げる。

「動くよ、ヨゼフィーヌ。辛くなったら、言っておくれ」

アルバローズが両手をシーツについて半身を起こし、ゆっくりと腰を引く。

「ん……ん」

亀頭の括れまで引き抜くと、再び最奥まで侵入してくる。

「あ、あ、あ、ぁ」

ゆったりした動きで、抜き差しを繰り返されると、息苦しさは次第に消え、内部から熱く灼けつくような感覚が生まれてくる。

「あ、あぁ、あ、は、はぁ……ぁ」

疼き上がった膣壁を、硬い肉胴が擦っていく感触が、徐々に快感を生み出してきた。

特に、笠の開いたカリ首が、子宮口をぐぐっと押し上げると、尿意にも似た焦れた悦楽が生まれ、お尻のあたりから脳裏に甘い痺れが走る。

同時に、太い肉茎の根元が膨れた花芯を押しつぶすみたいに圧迫するので、気持ち悦さがどんどん増幅していく。

「はぁっ、あ、はぁ、は、あぁ、ん」

媚肉が抉られるたびに、はしたない声が漏れてしまい、夢中になってアルバローズの背中にしがみついた。

「ああすごく悦い、締まって、うごめいて、私を離さない。ヨゼフィーヌ、悦いよ、とても、悦い」

次第に腰の抽挿を速めながら、アルバローズは酩酊した声を出す。

彼が心地よく感じているのだと思うと、胸が熱くなり誇らしいような気持ちが全身を甘く満たした。

「あ、はぁ、あ、あ、激し……い、あ、あぁっ」

男女の睦み合いが、こんなにも情熱的で荒ぶるものだとは知らなかった。

すべてを見せ合い、すべてを奪い、すべてを与え合う行為。

なんて淫らで、でも崇高なのだろう。

息を乱したアルバローズは、次第に腰の動きを速めていく。

「や……あ、強く、あ、しないで……あ、ぁ、ああ」

がくがくと揺さぶられ、身体がどこかへ吹き飛んでしまうような錯覚に陥る。

「ヨゼフィーヌ、奥が、吸い付いて――引き込まれる」

ヨゼフィーヌが淫らな声を上げるたび、灼けつく肉襞が無意識に収縮して、太竿を締め付けてしまう。アルバローズは、カリ太な切っ先を戦慄く柔襞を擦り付け流すように押し入っては引き摺り出し、深く抉ってくる行為を繰り返した。

「ひぅ、んん、んぅ、あ、は、ぁ」

ぬちゅぬちゅと、粘膜の打ち当たる卑猥な音がヨゼフィーヌの耳孔を犯し、恥ずかしいのに、羞恥心はさらに欲情に火を点けるだけのようだ。

先端が子宮口までずんと挿入されると、激しい愉悦と衝撃で、頭の中が真っ白に染まった。意識が飛びそうで、夢中で頭を振り立てると、烏の濡羽色の長い髪がばさりばさりとシーツの上を舞う。

「んぁ、あ、アルバローズ、あぁ、アルバローズ……っ」

感極まって、夢中で愛する人の名前を呼ぶ。

「ヨゼフィーヌ、私のヨゼフィーヌ、素敵だ、愛している」

アルバローズはヨゼフィーヌの唇に口づけを繰り返す。濡れた舌を絡められて、強く吸われると、喉の奥までじんじん甘く痺れ、なにもかもが快感に結びついていく。

自らも舌を絡め、濡れた瞳でアルバローズを見つめた。

「んふぅ、は、んぅ、んんっ、はぁっ」

「ああ、もっていかれそうだ、そんな目をして――」

ふいにアルバローズは、ヨゼフィーヌの膝裏に腕を通し、M字型に抱え上げた。

「ひゃ……あ、や、こんな、格好……っ」

信じられない体位にされて、身体中に熱い血が駆け巡る。

上半身を起こしたアルバローズは、二人の結合部に熱い視線を送り、さらに抽挿を速めながらあえかな声を出す。

「あなたの無垢な花弁が、とろとろに濡れて、嬉しげに私のものを咥え込んでいる様が、丸見えだ。なんて猥らで美しいのだろうね」

「んぁ、あ、いやらしいこと、言わないで……っ……は、はぁ、あぁ」

恥ずかしさに頭がクラクラするのに、下肢から迫り上がってくる甘い痺れは、未知の快感をどんどん強くする。

「あ、い……ぁ、あ、だめ、そんなに深く……あ、あぁ、はぁっ……っ」

両足の力が抜ける格好になったせいか、剛直の抜き差しが滑らかになり、最奥の少し手前あたりのひどく感じやすい部分を突き上げてくると、どうしようもなく気持ちよくなってしまった。こんなあられもない声を出したくないのに、我慢していると、身体中に溢れる愉悦をやり過ごせなくなり、気を失ってしまいそうなのだ。

「は、はぁ、あ、アルバローズ、も、おかしく……」

アルバローズが雄々しく突き上げるたびに、瞼の裏に閃光が煌めき、意識が飛んでしまう。このままでは、自分がどうなってしまうのか予想もつかず、必死でアルバローズの背中に爪を立ててしがみつく。

「気持ち悦くなってきたんだね——可愛い、可愛いヨゼフィーヌ、あなたの中、最高だ、こんなにも悦いなんて——やみつきになりそうだ。ああ、もう、私も——」

アルバローズは感極まった声を出し、自分の律動に合わせて揺れるヨゼフィーヌの白い双乳に顔を埋め、疼く乳首を口に含んだ。

「ひああっ、あ、だめ、そこ、あ、だめぇ……っ」

腰を突き入れると同時に、乳首を強く吸い上げられると、そこから生まれる鋭い刺激が下腹部を襲い、もうどうしようもなく感じ入ってしまい、はしたなく身悶えてしまう。

「すごいきつくなった——一緒に、達こう、ヨゼフィーヌ」

アルバローズはヨゼフィーヌの両足を抱え直すと、最後の仕上げとばかりに、がつがつと腰を穿ってきた。

激しく揺さぶられ、熱い奔流のような愉悦が最奥から迫ってきて、ヨゼフィーヌは我を忘れてしまった。

「あ、あ、や……もう、へんに……あぁ、あ、だめ、ダメになる……っ」

「私もだ――ヨゼフィーヌ、悦いよ、すごく悦い、ああ、あなたの中で、終わるよ――っ」

アルバローズは息を凝らすと、あとはがむしゃらな律動を繰り返し、互いを高みへ連れていく。

「……やあっ、あ、あ、だめ、いやぁ、あ、あ、いやぁあぁあっ」

頭の中が真っ白になり、意識が飛んだ。

びくびくと腰が痙攣し、ヨゼフィーヌは背中を大きく仰け反らせ、無意識に強くイキんだ。内壁がぎゅうっとアルバローズの欲望を締め上げた。

「く――っ」

アルバローズが低く唸り、ひときわ大きく腰を突き上げ、そのままどくどくと白濁液を迸らせる。

「あ、ぁ、あ……ぁ、あぁ」

二度、三度、アルバローズが腰を打ち付け、欲望の最後のひとしずくまでヨゼフィーヌの膣襞の中へ注ぎ込んだ。

「は――はあっ」

アルバローズが大きく息を吐き、動きを止める。

「……はぁ……は、はぁ……ぁ、あ……」

強張っていた四肢から、ふいに力が抜けた。

ヨゼフィーヌはシーツの上にぐったりと身体を預け、忙しない呼吸を繰り返す。全力で走ったみたいに心臓がばくばくし、どっと汗が噴き出してきた。

もう指一本動かせないほど消耗しているのに、力を失ったアルバローズの陰茎を包み込んだ濡れ襞は、まだ名残惜しげに蠕動を繰り返している。

「はあ、はぁ――」

すべてを出し尽くしたアルバローズが、ヨゼフィーヌの両足を解放し、ゆっくりとそのまま覆いかぶさるように倒れこんできた。

彼の引き締まった肉体もまた、しっとりと汗ばんでいる。

乱れたヨゼフィーヌの黒髪に顔を埋め、アルバローズは幸福そうな声を出す。

「夢のように悦かった――あなたと結ばれることは、想像以上に素晴らしかったよ」

彼はわずかに顔をもたげ、愛おしげにヨゼフィーヌを見下ろしてきた。

その熱っぽい表情は、あまりにも妖艶で美しく、ヨゼフィーヌはまだ酩酊した眼差しでうっとりと見惚れた。

感じすぎて眦に溜まったヨゼフィーヌの涙を、アルバローズは大事そうに指で拭う。

「苦しくなかったか？」

ヨゼフィーヌは首を振る。

「いいえ……まるで嵐みたいに激しい時間でした――けれど、アルバローズと結ばれることが、これほど幸せなことなんて……嬉しくて……」

喜びの涙が、また溢れてくる。

「ヨゼフィーヌ、可愛いひと、愛している」

「アルバローズ、わたしもあなたを愛しています……ずっと、ずっと」

二人は深く繋がったまま、どちらからともなく顔を寄せ、気持ちを込めた口づけを繰り返した。

初夜の晩からひと月は、ヨゼフィーヌにとって人生で一番甘く幸せな時間だった。

毎朝、愛するアルバローズの腕の中で目覚める幸福。

共に将来を語り合い、同じ夢を紡ぐ喜び。

そして、夜の濃密な閨の時間。

アルバローズの欲望は果てしなく、繰り返しヨゼフィーヌを求めた。

隅々まで愛されて、ヨゼフィーヌの身体はみるみる開花していった。アルバローズは、ヨゼフィーヌの肉体を知り尽くし、感じやすい箇所、悦ぶやり方をすっかり心得た。

アルバローズのため息ひとつで、肉体が目覚めてとろとろに蕩けてしまう。髪の毛の一本から爪の先まで、アルバローズの行為に敏感に反応し、深い快楽を生み出す。

愛し愛されているという実感に、ヨゼフィーヌは酔いしれた。


初雪が降った翌日のことだ。

「あなたは庭の様子を見ておいで。私は、裏の森を見回ってこよう。お昼までには戻るから、一緒に昼ご飯を食べようね」

厚手の上着を着込んだアルバローズは、ヨゼフィーヌにそう声をかけて、離れを出ていった。

ヨゼフィーヌは窓から顔を出し、初雪を踏んで歩いていくアルバローズの後ろ姿に声をかける。

「行ってらっしゃい、足元が滑るだろうから、気をつけてね」

すると肩越しに振り返ったアルバローズが、軽く手を振って応えた。遠目だが、白い歯を見せて微笑みかけたようだ。

それが——。

ヨゼフィーヌの見たアルバローズの、最後の姿となった。

先に庭の手入れを終えたヨゼフィーヌは、離れに戻り、昼食の支度をして待っていた。

けれど、昼過ぎになり、午後半ばになっても、アルバローズは戻って来なかった。

次第に不安になったヨゼフィーヌは、コートを羽織ると、

「ちょっと、森に行ってくるわ」

と、アンナに声をかけ、屋外へ出た。

さっきまで晴れていた空がどんより曇り、今にも雪が降ってきそうだ。

ヨゼフィーヌは少し早足で森へ向かう。

森への小径（こみち）には、点々とアルバローズの足跡が残っていた。その足跡を頼りに、後を追う。

雪に覆われた森の中は、恐ろしいくらいにしんとしている。

「アルバローズ、アルバローズ！」

ヨゼフィーヌは口元に手を当てて、何度も名前を呼んだ。

静寂の森に、自分の声だけが虚しくこだまする。

「どこにいるの？　返事をして！」

いつの間にか、ちらちらと雪が舞い降りてくる。

アルバローズの足跡は、森を抜け岩場に向かっていた。

そこは、怪我をして倒れていた彼を最初に見つけた場所だ。

ヨゼフィーヌは胸騒ぎがした。

岩場は白く雪に覆われ、足元が滑って歩きにくかった。雪が降り積もり、アルバローズの足跡がかき消されてしまっている。

夢中で歩き続けて来て、ヨゼフィーヌは息が上がってしまった。

「アルバローズ！　アルバローズ！」

立ち止まって、声を嗄らして名前を叫んだ。

しかし、彼の姿はどこにも見当たらず、応答もなかった。

「どうして……？　どこへ行ってしまったの？　アルバローズ……」

ヨゼフィーヌは呆然と立ち竦む。

だが、もしかしたら自分と行き違いに、アルバローズはすでに帰宅しているかもしれないと思い当たった。

「そうだわ、そうに決まっている。アルバローズはもう離れに戻っているんだわ」

ヨゼフィーヌは自分に言い聞かせるようにつぶやくと、元来た道を引き返した。

雪がどんどん積もってくるので、これ以上屋外にいるのは危険だとも思った。

疲労で重い足を引き摺るようにして、離れに戻った。

窓に灯りが点り、煙突から煙が出ているのを見ると、ほっとする。

扉を開け、元気を奮い立たせて声をかけた。

「ただいま！　アルバローズ」

「まあ、お嬢様、お帰りなさい」

台所からアンナが気遣わしげな表情で出てきた。不吉な予感に心臓がドキンとする。

「アルバローズは？」

「――まだお戻りではありません」

「……」

絶望感が胸を満たし。がっくりと身体の力が抜ける。

ヨゼフィーヌは、どんなに幸せの絶頂にいようと、いつか――こんな日がくるかもしれないと、心の奥底で覚悟していた。アルバローズが、やがてはほんとうの自分を思い出し、ここから去る日がくるのではと。

けれど、あまりに彼を愛しすぎて、そんな不安に目を背けていたのだ。

ヨゼフィーヌは震える声でつぶやく。

「アルバローズ、お願い、戻ってきて……あなたがいなければ、わたし、生きていけない」

ふいに、すうっと目の前が暗くなり、ヨゼフィーヌはよろめいて床にばったりと倒れた。

「お嬢様！　しっかりなさって――」

アンナの悲鳴が、どこか遠くで聞こえていた。

第二章　恋人は皇帝陛下

それから三年の月日が流れた。

ローマーニ皇国の首都の南に位置する皇城では、若き皇帝アレックスが、執務室の机に肘をつき、手に顎を乗せてぼんやりとしていた。

今年二十四歳になるアレックス・ローマーニ四世は、すらりと長身で、つやつやした金髪に澄んだ碧眼（へきがん）、彫像のように整った容姿だ。

文武に秀で、才気煥発（かんぱつ）で勤勉、努力家。名君の誉れ高い父である先代皇帝のアレクサンダーを、いつかは凌（しの）ぐほどの皇帝になるだろうと、臣下たちの信頼と期待も大きい。

だがここのところ、アレックスはどこか心ここにあらずの様子だ。

御前会議も執務もいつもどおりてきぱきと明快にこなしているが、ふとした折に、彼の切れ長な青い瞳は、どこか遠くを彷徨（さまよ）うように虚ろになるのだ。

「激務で陛下はお疲れなのだろう」

臣下たちはそうささやき合った。

「陛下、クリストフです。入ります」

執務室の扉がノックされ、背の高い赤毛の騎士が大股で入ってくる。

アレックスは彼に気がつかずぼんやりしていた。

「——陛下、お疲れですか？　お茶を運ばせましょうか？」

赤毛の騎士が控えめに声をかけると、アレックスはハッとしたように顔を上げる。

「ああ、クリストフか。すまない、大丈夫だ。少し、考え事をしていただけだ」

アレックスはことさら明るい表情を作って見せる。

男らしい面立ちをわずかに曇らせたクリストフだが、言葉では礼儀正しく、

「そうですか。でも、もしなにかお心を煩わせる問題がございましたら、いつでも直属の私におっしゃってください」

と、答えた。

アレックスはそれ以上顔色を見られないように、机の上の書類を取り上げて読み耽るふりをした。

五歳年上の乳兄弟で、少年の頃からアレックスの護衛騎士として仕えてきたクリストフ

は、こちらのわずかな変化も敏感に汲み取る。アレックスの護衛だけではなく、皇帝の位に就いてからは、執務の補助も執り行う彼に、余計な気を遣わせたくなかった。

だが、視線は書類の文字の上を滑っていく。

（どうしたというのだろう。あれからずっと、私の胸の中には、なにか大きな穴がぽっかりと空いている）

三年前、アレックスは地方視察の折に、駐屯地の天幕の中で何者かに襲われ、拉致された。

気がつくと、冬の岩場で倒れていた。

雪で足を滑らせて、岩場で頭を打ったらしい。

ふらふらしながらも、近隣の農村に辿り着き、そこで救助を求めた。

すぐに皇帝配下の辺境守備隊が駆けつけ、アレックスは無事に保護された。

そこでアレックスは、自分が拉致されて気を失ってから、何ヶ月も経過していることを知ったのだ。

その間、自分がどこで何をしていたのか、すっぽりと記憶から抜け落ちていた。

健康状態に異常はなく、ただ、頭に治療された打撲傷の跡が見つかった。誰かが、親身に世話をしてくれていたのか。

しかし、行方不明でいた間の記憶は、ひとかけらも残されていなかった。

皇城に戻ると、クリストフを始め臣下たちは、皇帝が行方不明の間の心痛でやつれ果てていた。アレックスが無事帰還したのを、皆が落涙しながら出迎えた。特に、皇帝付きの護衛騎士のクリストフは、アレックスを守りきれなかった我が身をずっと責めていて、気の毒なほど憔悴（しょうすい）していた。

不在の間の政務を滞りなく行い国を守ってくれた彼らのためにも、アレックスはまずは自分の義務を果たし、執務に打ち込まねばと意を新たにした。

行方不明の間のことは、心の隅にずっと引っ掛かっていたが、気持ちは日々の業務に紛れていった。皇帝アレックスは、今までどおり何も変わらないように周囲には見えていた。

だが。

失われた記憶は、アレックスを次第に苛んだ。

大きな喪失感が心を支配してくる。

失われたものは、とてつもなく愛おしく大事な思い出のように感じられた。

虚しさが日ごとに胸の中に膨れ上がり、アレックスを苦しめていたのだ。

アレックスは、内容が頭に入ってこない書類を机に戻すと、おもむろに立ち上がった。

そして、そばに控えていたクリストフに声をかける。

「やはり、少し疲れたようだ。中庭でも散歩してくる」

「御意――お供いたします」

アレックスはマントを羽織った。クリストフが、執務室の庭に面した大きな観音開きの窓を開く。爽やかな風が、執務室に流れ込んでくる。クリストフは恭しく頭を下げ、アレックスを先に通した。

「今日は春めいたよい気候でございます。庭の花々もほころび始めたようで」

背後からのクリストフの声に、アレックスはふと、離宮の奥庭にある温室に行ってみようかと思い立つ。

母妃であるロザリンデは、花を育てる才に長けていて、皇帝専用の庭に美しい花々をたくさん栽培していた。特に、奥庭の温室は母妃のお気に入りだった。幼少の頃、アレックスはよく花の手入れをする母妃の横で、温室で遊んだものだ。

数年前、父皇帝が位をアレックスに譲って、母妃は父と別宅の城に移住してしまった。

そのため、皇帝専用の庭は専門の庭師に任されることになった。

アレックスも皇帝になってからは、激務に追われて温室に出向くこともなくなっていた。

あの温室は、アレックスと母妃の優しい思い出がいっぱい詰まっている。

きっと、乱れている心も癒されるだろう。

綺麗に整えられた奥庭への小径をゆっくりと進み、今は自分の専用の離宮に続く回廊に入り、まっすぐ進んだ。白い離宮が見えてくると、裏手に回って内庭に入り、その先の小さな温室に辿り着く。背後から足音もなく付き従っていたクリストフは、温室の扉の横で直立不動になった。

一人アレックスは、ガラスの扉をそっと押して中へ足を踏み入れる。やんわりと湿り気を帯びた暖かな空気に包まれた。

太陽の光が眩しいほど降り注ぎ、温室の中には色とりどりの花が咲き乱れている。

アレックスはほっとため息をつき、温室の奥のベンチに腰を下ろした。

ベンチに背中を大きくもたせかけ、目を閉じて花の香りを胸いっぱいに吸う。

「ここは美しいな」

花の香り——。

ちかっと、頭の中に何かがひらめいたような気がした。

アレックスは目を開け、周囲を見渡す。

すぐそばに、白い薔薇とピンクの薔薇が美しく咲き誇っていた。

アレックスは立ち上がって薔薇の花に顔を寄せ、香りを嗅ぐ。

胸の奥がつきんと、と甘く痛んだ。

「白い薔薇はアルバローズ。ピンクの薔薇はローズマリー」

ふいにそんな言葉が口をついて飛び出す。

アレックスはハッとする。

「なぜ、私が花の名前など知っているのだ？」

突然、熱い奔流のように失われた記憶が巻き戻ってきた。

『この白い薔薇の名前は、アルバローズ。ピンクの方はローズマリー。ローズマリーは女性の名称ですから、あなたのことはアルバローズ、と呼びましょう』

鈴を振るような澄んだ声と、美しい透き通った笑顔の乙女。

「――っ」

その刹那、息が詰まり、頭が割れるような激痛が襲ってくる。

アレックスは両手で頭を抱えて、よろめいた。

「陛下！」

それとなく温室の様子を窺っていたらしいクリストフが、素早く飛び込んできた。

クリストフはアレックスの背中を抱きかかえた。

「大丈夫ですか？　ご気分がすぐれませぬか？　お部屋に戻りますか？」

アレックスはぶるっと頭を振り、両手を離してクリストフの顔を見つめる。そして、とうとう思い出した名前をつぶやく。

「――ヨゼフィーヌ」

「え？」

アレックスはクリストフに支えられて、立ち上がった。

「そうだ、ヨゼフィーヌだ。ああ、私はなぜ、一番大事なひとのことを忘れていたのだ！」

アレックスは切羽詰まった声で、クリストフに命じる。

「急ぎ、私の馬を用意せよ。それから、一個小隊を私の護衛につけるように。すぐに出立する！　そうだな、一番腕の立つお前も付いてくるがいい」

クリストフは目を瞬く。

「へ、陛下、いったいどちらへ？」

アレックスは、憑き物が落ちたように爽やかな笑みを浮かべた。

「国境沿いのシュッガルだ。愛する人を迎えに行く」

アレックスはそのまま、足早に温室を出ていく。

戸口のところで、一人の妙齢の令嬢とぶつかりそうになった。

「きゃ……」

アレックスは素早く身をかわし、その令嬢の腰を支えた。

「ああ、すまないアンナニーナ、急いでいるものだから」

アンナニーナは、アレックスそっくりの青い目を見開いた。

「お兄様、どちらに出かけられるの？」

彼女は、アレックスの二つ年下の妹の、皇女アンナニーナである。

「事情は帰ってから説明する。一日二日、留守にするが、お前に皇帝代理を頼んでもいいか？」

「え、ええ」

アンナニーナはこくりとうなずく。

今までも、アンナニーナはアレックスの右腕となって、皇家の執務を執り仕切ってくれていた。彼が行方不明の間、クリストフと同じくらい心を痛め兄の無事を祈り続け、空いた皇帝の座を二人で守ってくれていたのだ。

今年二十一になる彼女の将来を案じて、アレックスは兄として、然るべき身分の男子への輿入れを何度も勧めた。だが、アンナニーナは「自分は政務向きだから」と、ずっとアレックスの補佐役を務めているのだ。

「もちろんですわ、でも、お兄様――」

「すまない、急いでいる」

アンナニーナの言葉を最後まで聞かず、アレックスは小走りで皇城の回廊に向かう。

「アンナニーナ様、私が責任を持って陛下のお供をしますので、ご安心ください」

クリストフが丁寧に頭を下げ、そのままアレックスの後を追う。

「――」

アンナニーナの不審げな視線を背中に感じながらも、アレックスの心はすでにヨゼフィーヌのもとへ飛んでいた。

愛しい、愛しいヨゼフィーヌ。

ずっと虚ろだった胸の穴が、彼女との思い出で熱くせつなく満たされていく。

「ヨゼフィーヌ、ヨゼフィーヌ、今、あなたに会いに行く。どうか、どうか私のことを待っていてくれますように」

アレックスは祈るような気持ちを抱え、足を急がせた。

早足の馬に跨り、護衛のクリストフと一個小隊の兵士たちを引き連れ、アレックスは取るものもとりあえず、皇城を出立した。

ほとんど休憩を取らず、要所要所で馬を換えて、ひたすらシュッツガルに急いだ。

一日中走り続け、夜半過ぎにとうとうシュッツガルに辿り着く。

見覚えのある景色だ。古めかしい屋敷が見えてくる。

胸が高鳴る。

アレックスは、手前で馬を下り、後ろに従っていたクリストフと兵士たちに、簡易天幕を張って、その場での待機を命じた。

大勢で押し寄せたら、ヨゼフィーヌを驚かせてしまうだろう。

小さなランタンを片手に、屋敷の裏手へ回り、庭の中に入っていく。その奥に、鄙びた離れがある。

「ああ――なにも変わっていない」

アレックスは深く息を吐き、脈動が速まるのを抑えようとした。

ヨゼフィーヌは息災だろうか。

自分のことを忘れてはいないだろうか。

無我夢中でここまで来てしまったが、三年も彼女を放っておいてしまった。

あれほど永遠の愛を誓ったのに――ヨゼフィーヌは、なんて無責任だと、アレックスのことを憎んでいるかもしれない。

でも、会わずにはいられない。

アレックスは何回か深呼吸を繰り返し、意を決して離れに足を進めた。

と、その時、離れの扉が静かに開いた。

手にランプを下げたほっそりした黒髪の乙女が、エプロン姿でゆっくりと中から出てきた。

「あ——」

アレックスは息を呑む。

滑らかな白い肌、整った美貌——まごうかたないヨゼフィーヌの姿。

三年の月日は、まだあどけなかった彼女に、少しだけ大人びた憂いを与えていた。

アレックスは万感の思いで名を呼ぶ。

「ヨゼフィーヌ」

俯き加減でいたヨゼフィーヌが、ハッと顔を上げた。

アレックスはランタンを持ち上げ、自分の顔をはっきりと見せた。

彼女は緑色の目を見開く。

瞬間、赤い唇がわなわなと震える。

「嘘……アルバローズ⁉」

ヨゼフィーヌの目にみるみる涙が浮かぶ。

アレックスも胸が詰まり、掠れた声で答えた。

「そうだ、私だ、ヨゼフィーヌ。遅くなってすまない。あなたを迎えに来た」

ヨゼフィーヌはくしゃっと顔を歪め、ランプを地面に置いて、足をもつれさせてこちらに走ってくる。

アレックスも同時に駆け出し、大きく両手を広げた。

「ヨゼフィーヌ！」

「ああ、アルバローズ、アルバローズ！」

ヨゼフィーヌが胸の中に飛び込んでくる。

その華奢で柔らかな身体を、アレックスはぎゅうっと抱きしめた。

「ああ、あなたの匂い、あなたの感触、愛しい、愛しい、ヨゼフィーヌ」

ヨゼフィーヌは、アレックスの腕の中ですすり泣いた。

「アルバローズ、アルバローズ……わたし、信じてました。いつか、あなたが戻ってくるだろうと、ずっとずっと信じてました……！」

ヨゼフィーヌは濡れた顔を上げ、輝くばかりの笑みを浮かべる。

「愛してます、今でも、変わらずあなたのことだけを、愛しています」

アレックスは、あまりの愛おしさにぎゅっと胸が締め付けられる。

「私もだ。愛する女性は、生涯であなた、ただ一人だ」

二人はひたと見つめ合い、どちらからともなく顔を寄せ、しっとりと唇を合わせた。

「ふ……」

柔らかく蕩けそうなヨゼフィーヌの唇の感触に、アレックスは全身の血が滾るのを感じる。今すぐにでも、激情のまま彼女を抱いてしまいたいくらいだ。

「……ママぁ、おしっこ」

ふいに、戸口に小さな少女が現れた。

長い白い寝間着姿で、波打つ金髪と青い瞳の、目が覚めるような美少女だ。

ヨゼフィーヌが、はっと振り返る。

「ああ、ローズマリー――起こしてしまった？　ママはここよ」

彼女は慈愛のこもった声を出し、その少女に駆け寄り抱き上げた。

アレックスは呆然とする。

「子ども――が？」

ヨゼフィーヌは目元をほんのり染め、こくりとうなずいた。

「わたしたちの子どもです、名前はローズマリー」

ローズマリーがきょとんとしたあどけない表情で、アレックスを見上げてきた。

月日は少し遡る。

三年前。

アルバローズが姿を消したショックで倒れこんだヨゼフィーヌは、そのまま熱を出して何日もうなされていた。

アンナは心配のあまり、思い切って母屋に知らせを入れ、医師の手配を頼んだ。

伯爵家ではしぶしぶだが、さすがに捨てておけないと、かかりつけの医師を寄越してくれた。

医師の治療で、熱も下がり起き上がれるようになったヨゼフィーヌは、そこで医師から思いもかけないことを知らされる。

子どもを宿していると——。

アルバローズの子どもに間違いない。

ヨゼフィーヌは驚き、次の身の内に湧き上がる歓喜に打ち震える。

神の采配だ。

たったひとつの生きがいを失ったヨゼフィーヌに、神様がこの子のために生きよと、啓示を与えてくれたのだ。

だが、かかりつけの医師が伯爵家に報告したため、伯爵家は騒然となり、ヨゼフィーヌは母屋に呼びつけられた。

何年振りかに会う叔父一家は、ヨゼフィーヌに汚いものでも見るかのような眼差しを投げつけ、蔑んだ。

叔父はヨゼフィーヌに、子どもを堕ろすことを命じた。

何処の馬の骨ともしれない男の子どもを宿した、ふしだらな娘。

それでなくとも、ヨゼフィーヌには生まれながらの不祥事が付きまとっていて、その上に今回の妊娠騒ぎだ。

叔父は怒り心頭で、無理矢理にでも子どもを堕ろさせると息巻いた。

ヨゼフィーヌは一歩も引かなかった。

「もし、この子を失ったら、わたしも死にます。人知れずなどではありません。街の真ん中で、大勢の人の前で命を絶ちます。そうなれば、叔父様の家名にますます傷がつくでしょう」

今まで、控えめでおとなしく、どんなに酷い扱いを受けてもじっと耐えていたヨゼフィーヌが、脅迫まがいなことを口にしたので、叔父一家は驚愕した。

ヨゼフィーヌだって、自分の中にこんな強い気持ちが潜んでいようとは、思いもしなかった。

だが、アルバローズとお腹の中の小さな命への愛が、ヨゼフィーヌを強くした。

守らなければ。

二人の愛の結晶を守り、育てるのだ。

脅かされようとすかされようと、ヨゼフィーヌはがんとして子どもを産むと引かなかった。

最後には、叔母が見かねて取りなしてくれ、出産育児を不承不承認めてもらえた。

その代わり、叔父は厳しい条件を出した。

今後も決して離れから出ないこと。そして、赤ん坊が三歳になったら、必ずどこかへ里子にやること。それ以降ヨゼフィーヌは、子どものことは決して口外しないこと。

この条件を呑まない限り、出産は許さない、と。

いずれ子どもと引き裂かれるなんて、到底承諾できない。けれど、今は子どもを無事に産んで育てることだけを考えよう。

ヨゼフィーヌは叔父の条件を受け入れた。

かくして、彼女は離れで、アンナの手助けだけで赤ん坊を無事産み落とし、人知れずひっそりと育てていた。慣れない育児に懸命に向き合った。

ローズマリーと名付けたその女の子は、アルバローズそっくりの淡い金髪と澄んだ青い目を持ち、天使のような美貌を持っていた。

成長するにつれ、ローズマリーはますますアルバローズの面立ちに似てきて、ヨゼフィーヌは娘を見るだけで、熱く煌めいた恋の思い出が溢れてきて、涙が出そうになる。

幸いローズマリーは、取り立てて大きな怪我も病気もなく、素直で明るく思い遣りの深い娘に育っていった。

やがて三歳になろうとしている娘と、別れの日が近づいてくる。

ヨゼフィーヌは心の中で、愛するローズマリーと別れずにいられることはできないかと、ずっと悩み苦しんでいた。

産んでからこのかた、片時も離れず大事に大事に育ててきた我が子。

愛する人の命を受け継いだ愛しいもの。

手放すことなどできない。

毎晩、神に祈った。

どうか、この子と一緒にいさせてください。

わたしの命の片割れを、どうか奪わないでください。

アルバローズに続き、ローズマリーまで失ったら、もうヨゼフィーヌは生きていくことはできないだろう。

そんなある晩。

翌日用の水が切れてることに気がついて、ヨゼフィーヌは寝間着の上に長いガウンを羽織り、井戸へ水を汲みに行こうと屋外に出た。

「――ヨゼフィーヌ」

夜の空気を密やかに揺るがせて、心を鷲摑みにする懐かしい声が響いてきた。

ハッと顔を上げると、茂みの向こうから、ランタンを掲げた長身の青年が現れた。

ぼんやりした灯の中に、白皙の美貌が浮かぶ。

さらさらした金色の髪、澄んだ青い目。

仕立ての良さそうな青い上着に青いトラウザーズ、臙脂色のマントを羽織っている。

ヨゼフィーヌは我が目を疑う。

「アルバローズ！」

彼は、最後に見た時より幾分頰が鋭角的になり、男らしさが増してより魅力的になっていた。

ヨゼフィーヌの全身に歓喜の熱い血が駆け巡った。

神は見捨てなかったのだ。

いつか、この日がくることを信じて待っていた。

「アルバローズ！　ああ、アルバローズ！」

ヨゼフィーヌは無我夢中で、彼の方に駆け出していた。

今度こそ、やっと幸せになれるのだ。

親子三人での、幸福な人生が待っている。


感動の再会を果たしたヨゼフィーヌとアルバローズは、ローズマリーを伴って離れの部屋に入った。

「ああ、ここは何も変わっていない」

アルバローズがマントを脱ぎながら部屋を見回し、懐かしそうな声を出す。

「忠実なアンナは、健在かい？」

「ええ、少し足が不自由ですけれど、元気でおります。朝、目を覚ましてきたら、会ってあげてくださいさい、さぞ喜ぶでしょう——さあ、ローズマリー」

眠そうなローズマリーを促して、陶器の便器に座らせながら、ヨゼフィーヌは微笑み返す。

「あなたがいつ帰ってきてもいいように、お部屋は何も手をつけず、お花も切らさず飾ってあります」

アルバローズは、テーブルの上の小さな花瓶に生けてあった薔薇の花に目をやる。

「白い薔薇はアルバローズ。ピンクの薔薇はローズマリー――だから、その子の名前はローズマリーなのだね」

「はい、この子の名前は、それ以外考えられませんでした。あなたとわたしの、命の証なのですもの」

ヨゼフィーヌはローズマリーの寝間着を整え、抱き上げた。

「さあ、ローズマリー、もう一度、ねんねしましょうね」

「はぁい……」

ローズマリーは小さい握り拳で、こしこしと目を擦る。その仕草のなんと愛らしいことか。

アルバローズも目を細めてこちらを見ている。

「ローズマリー、お客様におやすみなさいを言うのよ」

ヨゼフィーヌが促すと、ローズマリーは素直にこくんとうなずく。そして、ヨゼフィー

ヌに抱かれたまま、両手をアルバローズの方へ差し出した。

「おやちゅみなさい……おにいしゃん」

アルバローズの表情が、一瞬せつなげに歪む。だが彼は、すぐに笑顔になり、ローズマリーに近づいて、その柔らかな頬にそっと口づけした。

「おやすみ、いい子だね」

アルバローズに口づけされた瞬間、ローズマリーは目をぱちぱちさせた。そして、無邪気な声で言ったのだ。

「ママ、このひとが、パパ？」

アルバローズが息を呑む気配がし、ヨゼフィーヌもかすかに顔が強張った。

でもヨゼフィーヌは笑顔を絶やさず、答える。

「そうよ、ローズマリー」

ローズマリーがにっこりとする。

そして、両手でぎゅっとアルバローズの頭を抱いて、顔をすりすりした。

「おかえりなしゃい、パパ」

アルバローズが目を伏せ、声を震わせた。

「ただいま、ローズマリー」

ヨゼフィーヌは胸に迫ってくるものがあり、涙を堪えながらローズマリーを抱き直した。

「さあ、もう寝ましょう。明日になったら、うんとパパとお話ししましょうね」

「はぁい」

ローズマリーはもはや眠気が限界なのか、ヨゼフィーヌの髪に顔を埋めるようにして、ことんと眠ってしまう。

ヨゼフィーヌは足音を忍ばせて、奥の部屋のベッドまでローズマリーを運び、そっと寝かしつけた。

毛布を顎までかけてやると、ローズマリーはすぐにすうすうと規則正しい寝息をたて始める。

アルバローズがソファにぐったりともたれかかり、片手で目元を押さえていた。

ヨゼフィーヌはしばらく彼女の様子を見てから、静かに部屋を出た。

ヨゼフィーヌは気分が悪くなったのかと、慌てて近づいた。

「アルバローズ、お加減が悪いのですか？」

「いや——」

彼が顔から手を離した。

ヨゼフィーヌはハッと息を呑む。

アルバローズの目に光るものがあった。

彼は涙を手で拭い、しみじみした声を出す。

「『パパ』と呼ばれることが、こんなにも胸に響くとは——なんと我が子とは愛おしいのだろう」

「アルバローズ……」

彼の深く心打たれた様子に、ヨゼフィーヌももらい泣きしそうになった。

ヨゼフィーヌはそっとアルバローズの肩に手を置く。

「ローズマリーには、小さい頃からずっと言い聞かせてきたのです。いつか、あなたのお父様が迎えにくるから。その人は、とても美しい男性で、あなたに優しくキスをして微笑んでくれるでしょう、って。ローズマリーは、ずっとあなたを心待ちにしていたのです。あの子はきっと、本能的にあなたが父親だとわかったのでしょう。血の絆は、奇跡を呼ぶのね、なんて深いのかしら」

言葉にしているうちに、感極まって嗚咽が込み上げてくる。

アルバローズが両手を差し伸べてきた。

「ここへ、来て、ヨゼフィーヌ」

ヨゼフィーヌは引き寄せられるように、アルバローズの胸に倒れこんだ。

ぎゅっと強く抱かれ、全身の血が熱くなる。

「ありがとう。私の子どもを、ローズマリーを育ててくれて。あなたに再会でき、その上天使のような娘にまで恵まれて、至上の喜びだ」

アルバローズがヨゼフィーヌの髪に顔を埋め、艶めいたコントラバスの声でささやく。

彼がいなくなる前、よくこうして抱かれて愛の言葉をささやかれた記憶が蘇り、ヨゼフィーヌは脈動が速まってくる。

広い胸、力強い鼓動、引き締まった腕、低い声、熱量。

ヨゼフィーヌの五感が呼び覚まされて、アルバローズの肉体をひどく意識してしまう。

「アルバローズ、アルバローズ、夢ではないのね、今、こうしてあなたの腕の中にいるのが、まだ信じられないの」

ヨゼフィーヌはぎゅっと彼の胸にしがみつく。

もう、二度と離れたくない、離したくない。

「お願い、もうどこにも行かないで……」

アルバローズの腕に力がこもり、苦しいほどに抱きしめられる。そして、彼の唇がヨゼフィーヌの額や涙に濡れた頰に何度も押し付けられた。

「どこにも行かない、もう離さない。あなたとローズマリーと、ずっと一緒だ。愛している」

胸がジンと甘く疼く。

「嬉しい、愛してます、今までも、これからも、ずっと……」

顔を上げると、アルバローズがしっとりと唇を覆ってきた。

「ん……ふ……」

柔らかな男の唇が、労るように何度もヨゼフィーヌの唇を撫でていく。

愛情を込めた口づけに、身体中が甘く痺れてくる。下腹部の芯が、妖しく疼いた。

こんな熱っぽい気持ちになるのは、久しぶりだ。

わずかに顔を離したアルバローズが、濡れた眼差しで見つめてくる。

「ああ、身体が震えてくる、ヨゼフィーヌ。あなたが欲しい、あなたを抱きたい」

彼の情欲に囚われた掠れた声に、背中がぞくぞく慄いた。

「アルバローズ、わたしも、どんなにあなたの抱擁が恋しかったか」

二人は気持ちを込めて見つめ合い、そこから先は言葉はいらなかった。

再び唇を合わせてきたアルバローズは、濡れた舌先でヨゼフィーヌの唇を割り、するりと潜り込んできた。

長く厚い舌が、歯列から口蓋、喉奥までぬるぬると丁重に舐め回してくる。

「ん……ぅ、は、ぁ……」

深い口づけに、身体の奥に淫らな火が点され、それがじりじりと全身に燃え広がっていくようだ。

舌を絡めて強く吸い上げられると、頭が快楽で真っ白に染まった。アルバローズはヨゼフィーヌの後頭部を抱え、顔の角度を変えては、繰り返し深い口づけを仕掛けてきた。

「ふぅ、あ、ふ、んん、んんっ」

悩ましい鼻息が漏れ、焦れた情欲に身悶えてしまう。

唾液の銀の糸を引いて、そっと唇を解放したアルバローズは、ぞくりとするほど妖艶な表情で微笑んだ。

「身体が熱いね——私を、欲しがっている?」

恥ずかしさに思わず目を伏せる。

「や……そんなこと、言わないで……」

アルバローズの手が、するりとヨゼフィーヌのガウンを引き下ろし、寝間着の前リボンを解こうとした。

ヨゼフィーヌはハッとして、両手で胸元を覆ってそれを押しとどめようとした。

「だめ……」

「どうして?」

アルバローズがわずかに眉を寄せた。

ヨゼフィーヌは目元を赤く染める。

「だって……ローズマリーを産んでから、髪を振り乱して育児をしてきて……なにも自分にかまっていないんですもの——見せられないわ……恥ずかしくて」

心の底からアルバローズを欲しいと思っているが、出産育児で崩れてしまったであろう肉体を晒すのに、尻込みしたのだ。

アルバローズが真剣な表情になる。

「なにを愚かしいことを。あなたが命を賭けて、ローズマリーを産んでくれたこと、感謝しても余りある。それに、たった一人で、あんなに素直で可愛い娘に育ててくれて。今、ここにこうしてあるあなた自身が、私の宝物だよ」

「アルバローズ……」

彼の真摯な言葉は、身体にじわりと染み渡った。

「さあ、すべてを見せておくれ」

ヨゼフィーヌはこくんとうなずき、素直に両手を脇に垂らした。

アルバローズが、性急に寝間着の前リボンを解いていく。その指先がかすかに震えていて、彼も緊張しているのだと感じた。

はらりと寝間着が左右に開くと、以前より少し豊かになった真っ白な乳房がまろび出た。

アルバローズはそのまま、寝間着を脱がせていく。

「ああ――」

全裸になったヨゼフィーヌを見て、アルバローズが深いため息をつく。

「なんて美しい――真っ白で透き通るようで、どこもかしこも繊細にできているのに、なんて豊かなんだろう」

彼の視線は肌に灼けつくようで、ヨゼフィーヌは子宮の奥がつーんと甘く疼くのを感じた。

「あまり見ないで……恥ずかしい」

白い肌が、次第に火照ってピンク色に染まってくる。

「でも、私を求めている」

アルバローズは両手でそっとたわわな乳房を掴み、やわやわと揉み込んできた。

「ん……」

少し遠慮がちな優しい手つきに、火が点いた身体が焦れてくる。求めるみたいに、腰がもじついてしまう。

「もっと、触れて欲しい？」

ヨゼフィーヌの欲望を敏感に感じたのか、アルバローズは少し力を込めて乳房を揉み込み始め、同時にそっと赤く熟れた乳首に触れてきた。

少しカサついた指先が、鋭敏な乳首をざらりと撫で回すと、鋭い疼きが下腹部の中心を襲い、腰がびくりと浮いた。

「あっ……あ、あ、ん」

みるみる乳首が硬く凝ってくる。

ツンと尖った先端を指の腹で撫で回され、時にきゅうっと摘み上げられる。

「はぁ、は、あぁ、あ……ぁん」

感じ入った鼻声が止められず、疼いた身体を思わずアルバローズに擦り付けたい衝動に駆られてしまう。

「あなたの身体がピンク色に染まって、甘い匂いがしてきた」

アルバローズが乳首をいじりながら、首筋に顔を埋めて、濡れた舌を這わせてきた。

「ああっ、ん、あぁ、あ」

艶めかしい舌の動きに肌が粟立つ。

「甘い、あなたの肌はなんて甘いのだ」

低くつぶやいて、アルバローズがちゅうっと繊細な肌を吸い上げた。

「つうっ……」

痛甘い刺激に、腰がびくりと浮き、白い肌に淫らな赤い花びらが散る。

「あ、だめ……優しく、して……」

潤んだ瞳でアルバローズに視線を絡めると、彼の眼差しは獣じみた熱を帯びて、息を呑んでしまう。

「わかったよ、優しくする——あなたのすべてを、味わわせて」

彼の舌が、首筋から下りてきて、鎖骨の窪みを舐め、そのままふっくらした乳房を這い回った。

「あ、あぁ……っ」

ひりつく乳首を啄まれ、痺れる快感に甲高い声が出てしまう。

硬く凝った乳首が、アルバローズの濡れた口腔に吸い込まれ、熱い舌先がそれを転がす。

「ふ……ん、ぁ、あぁ……はぁ……ぁ」

心地よい刺激に、子宮の奥がせつなくきゅうきゅう締まる。もじつく太腿の間が、しっとりと湿り気を帯びてくるのがわかる。

「——とても感じやすくなっているね」

アルバローズはわずかに顔を上げ、ヨゼフィーヌの反応を楽しむような表情をする。

「あ、いや……顔、見ないで……恥ずかしい」

声を震わすと、アルバローズは背中に手を回してきて、そのままゆっくりとヨゼフィーヌの身体をソファの上に仰向けにした。

そして、乳房から下腹から脇腹に舐め下ろしていく。

「んんあ、あ、や……」

ウエストの曲線も、小さな臍の窪みも、どこもかしこも敏感な性感帯になりかわってしまい、どうしようもなく淫らに喘いでしまう。

やがてアルバローズは、ヨゼフィーヌの足を開かせ、股間に顔を寄せてきた。

「あっ、そこは……だめ……」

濡れそぼった秘部があからさまになり、思わず両膝を閉じようとしたが、アルバローズの両手ががっちりと押さえ込んでしまう。

ふうっと熱い息がヨゼフィーヌの恥毛をそよがせ、次に来るであろう行為への淫らな期待に、腰がぶるりと震えた。

「あなたのここ、真っ赤な薔薇のように花開いて、甘い蜜を流している。ああ、誘うような甘酸っぱい香りもする。なんていやらしくて美しいのだろう」

アルバローズが感嘆の声を漏らす。もはや子どもを一人産んで、かつての無垢な花弁ではないだろうと怯えていたが、彼の言葉には嘘がなく、羞恥とともに歓喜の熱い感情が込み上げてくる。

「ひくひくしている――触れて欲しいのだね」

密やかな声とともに、濡れた熱い舌が伸ばされて、疼く陰唇を捉えた。

「ひぅっ、あ、は、はぁあっ……」

甘い刺激に、背中が弓なりに仰け反った。

くちゅくちゅと愛蜜を弾かせて、アルバローズの舌がひらめく。

「あぁ、あん、く、あぁ、あぁあ」

疼き上がった蜜口の浅瀬を掻き回され、どうしようなく全身の血が滾ってしまう。

「美味だ――あなたの甘露、ぞんぶんに味わわせてくれ」

熱い息を吹きかけながら、アルバローズはひくつく花弁を繰り返し舐め上げ舐め下ろす。

「はぁ、は、やぁ……あ、ぁあ、だめ、ぁ」

心地よい快感に、割れ目の上に佇む秘玉が、ひとりでにぷっくり膨れてずきずき脈打ってくる。それが辛くて、思わず腰を突き上げて求めてしまう。

「お願い……も、う……」

「わかっているよ、ヨゼフィーヌ」

アルバローズは吐息で笑い、充血した花芽を確かめるみたいに舌先で突ついた。

「ひゃぁう、ああ、あああっ」

凄まじい刺激に、雷に打たれたような愉悦が背中を駆け上り、一気に絶頂に押し上げられる。

嬌声を止められないヨゼフィーヌは、寝静まっているアンナやローズマリーに気づかれることを恐れ、口元に拳を押し当て、声を鎮めようとした。

アルバロースは舌先で秘玉の包皮を剝き、露わになった花芯にさらに強く舌を押し付けてくる。久しぶりの性的刺激はあまりに強すぎて、快感に下肢が蕩けてしまいそうだ。

「くぅ、ああ、あぁぁ、あ、だめ、あ、また……あ、達く……っ」

繰り返し陰核を舐めしゃぶられ、ヨゼフィーヌは腰を突き上げては、何度も短い絶頂を極めてしまう。

媚肉が卑猥な蠕動を繰り返し、とめどなく愛蜜が溢れてくるのがわかった。

「や……め、だめ……あ、も、やぁ……」

どうしようもなく奥が飢える。

何かで満たして欲しくて、うずうずと猥りがましい収斂を繰り返す。

「もう、欲しいのかい？」

舌と唇で、陰核を懇ろに攻め立てながら、アルバローズが長い指を媚肉の狭間につぷりと押し入れてきた。

「はあぅ、あ、ああ、あんん」

ひんやりした節くれだった指の感触に、どうしようもなく身体が熱く火照り、腰がいやらしくうねった。

「熱い――指が食い千切られそうだ」

アルバローズは、溢れる蜜を掻き出すみたいに指をうごめかせ、ひどく感じやすくなっている濡れ襞をゆっくりと擦り上げてくる。

「ひ……いやぁん、そこ、あ、そこは……っ、だめぇ……っ」

探るようにしなやかな指が、恥骨のすぐ裏側のぷっくり膨れた箇所を押し上げてきた。

「――ああここだ。思い出した。あなたが、どうしようもなく気持ちよくなって、乱れてしまう部分だ」

アルバローズの低いささやきとともに、ぐぐっと指が突き上げてきた。

「あぁあ、あ、あああ、だめ、だめ……っ」

びくびくと腰が痙攣し、アルバローズに抱えられた足が引き攣った。

激しい尿意にも似た怒濤のような快感の波が襲ってきて、目の前が真っ白に染まる。瞬間、大声を上げまいと、思わず自分の手の甲に歯を立てていた。

「んんーぅ、ん、んんんんーっ」

全身が小刻みに痙攣して、気持ち悦いとしか考えられない。

ほどなく思考まで甘く蕩け、ヨゼフィーヌはびくつきながら絶頂を迎えた。

だが、アルバローズは容赦なく、秘玉を咥え込んだまま、さらに指をうごめかす。最奥まで指を突き入れ、子宮口の少し手前の、ヨゼフィーヌが深く感じ入る部分を突き上げてきた。

「やあっ、もう、もう……だめっ……あ、ぁ、あ、んんんぅ、んんんんんっ」

一度達してしまった身体は、いともたやすく二度目の絶頂に押し上げられた。

目尻から、感じすぎた涙がぽろぽろと零れ落ちる。

達した瞬間、爪先がきゅうっと丸まり、息が止まり、全身に力が籠る。

やがて、ぐったりと力が抜け、詰まっていた呼吸が再開された。

「は——ぁ、あ、ぁ……ぁあ……ぁ」

ヨゼフィーヌは弛緩(しかん)したまま、ソファに身を預けていた。

アルバローズがようやく顔を離し、ヨゼフィーヌの両足を解放する。

「や……ひどい……こんなに、して……」

涙で上気した顔がぐちゃぐちゃになり、恥ずかしくて彼の顔を見られない。

すると、アルバローズの大きな掌が、そっと汗ばんだ頬を撫でてきた。

「すまない――あなたがあまりに可愛くて、愛しくて、我慢ができなかったよ」

温かい掌の感触にすら、震えがくるほど甘く感じてしまう。

思わず、彼の手に頬をすりすり擦り付けて甘えてしまう。

「……アルバローズ、愛しているわ」

すると、彼が息を乱し、トラウザーズの前立てを性急にくつろげると、おもむろに覆いかぶさってきた。

「ああ、ヨゼフィーヌ――あなたが欲しい。今度は、私自身で、あなたを愛させてくれ」

涙でぼやけた視線でアルバローズを見上げると、真摯でひどく妖艶でもある青い瞳が見下ろしてくる。

愛しさが全身に溢れてきて、もうヨゼフィーヌも羞恥心をなげうった。

両手を伸ばしてアルバローズの引き締まった首に抱きつき、そっと引き寄せる。

「来て……わたしも、あなたが欲しい」

「っ――ヨゼフィーヌ」

アルバローズがくるおしいため息をつき、自分の片足をヨゼフィーヌの両足の間に押し込み、開かせた。

そして、片手でそっとヨゼフィーヌの花弁を押し開くと、そのまま腰を沈めてくる。

ぬくりと、熱く硬い肉塊が、ほころんだ陰唇に押し当てられた。

「あ――」

蕩けきった肉のうろは、やすやすと彼の剛直を受け入れた。ずずっと太くたくましい屹立が侵入してくる。

「あ、あぁ、あ」

疼き上がった濡れ襞が、めいっぱい満たされていく。

「熱い――ああ、あなたの中、すごく悦い、締まる――」

腰を突き入れながら、アルバローズが艶めいた声を漏らす。

「アルバローズ、ああ、挿入ってくる……あなたのが……いっぱい」

圧迫感とともに、ようやく求めるもので満たされた悦びが、ヨゼフィーヌの全身を甘く痺れさせた。

アルバローズは最奥まで行き着くと、しばらくそのままじっとしていた。まるで、ヨゼフィーヌの内部を心ゆくまで堪能（たんのう）するように。

ヨゼフィーヌはうっとり目を閉じる。

浅い呼吸を繰り返すたび、自分の濡れ襞がぴくぴく太い脈動を締め付けてしまうのがわかる。

「奥がうごめいて、吸い付いてくる」

アルバローズが心地よさそうなため息を吐いた。

「動くよ、苦しくはないか？」

優しくいたわりの声をかけられ、ヨゼフィーヌは頬を染めて、返事の代わりにアルバローズの背中に両手を回してしがみつく。

ゆっくりと、アルバローズが抽挿を開始した。

「んんっ、あ、んん、んんぅ」

重く深い快感が、糖蜜みたいに全身を蕩けさせていく。

「ああ悦い、とても悦い、ヨゼフィーヌ、最高だ」

アルバローズは酩酊した声を漏らし、徐々に腰の動きを速めていく。

「ふぁ、あ、あぁ、は、はぁあ」

次第に力強く突き上げられ、めまいがするほど心地よく感じ入ってしまう。

愛する人と再会し、こうしてひとつに溶け合える至上の悦び。

「あぁ、アルバローズ、アルバローズ……」

アルバローズは深く貫いたまま、腰を押しまわすような動きで快感のツボを攻め立ててきた。

「ここが、悦いのか、すごく締めてくる、ほらもっとあげる」

「……はぁ、あ、奥……あ、だめ……ぇ」

力強く、子宮口まで抉られ、突き抜けた快感に目の前が真っ白になる。

「愛している、ヨゼフィーヌ」

「はぁあぁ、あ、凄……っ、あ、あ、激し……っ」

ヨゼフィーヌは思わず大きな嬌声を上げそうになり、夢中でアルバローズの筋肉質の肩口に顔を押し付けて堪えた。

「感じているんだね、ヨゼフィーヌ。歯を立てても、爪を立ててもかまわない。しっかり私にしがみついておいで」

「んぁ、あ、は、い……ぁ、はぁっ」

アルバローズはヨゼフィーヌの膝裏に腕をくぐらせ、さらに大きく足を開くと、ずちゅぬちゅと卑猥な音を立ててさらに深く穿ってきた。

「あ、あぁ、奥、あ、だめ、あ、だめに……あ、あぁ、もう、もう……っ」

先端が子宮口をぐりっと突き上げるたび、悦楽の真っ白な花火が脳裏で弾けて、もう何

も考えられない。

「ああ凄い、奥が吸い付いて――熟れきっている。ヨゼフィーヌ、淫らで美しくて――最高だっ」

もはやアルバローズにも余裕がないようで、息を凝らし額から汗を滴らせながら、がつがつと腰を打ち付けてくる。繋がった箇所が熱くどろどろに蕩け、もはやどこからが自分でどこからがアルバローズなのかもわからない。

「はぁ、は、あぁん、あ、だめ、だめ、おかしく……もう、許して、あぁ、だめぇ」

「私も、もう達く――達くぞ、ヨゼフィーヌ、一緒に、達こう」

アルバローズが腰の動きを加速させ、ヨゼフィーヌは必死でその動きについていこうとした。最後の熱い波が押し寄せ、ヨゼフィーヌは背中を全身をびくびく痙攣させ、夢中でアルバローズの肩口に嚙みついていた。

「あ、あ、や、あ、あぁ、んん、んんんーっ、んんんんぅんんん」

「――くっ」

アルバローズが大きく息を吐き、ぶるっと大きく腰を震わせた。

次の瞬間、どくどくと熱い白濁の飛沫が、ヨゼフィーヌの最奥へ噴き上がった。

「……ん、んぅ……っ」

悦楽にひくつく濡れ襞の中で、アルバローズの剛直が二度、三度脈動し、欲望の雫をすべて吐き出す。

「は——ぁ」

アルバローズが満足げにため息を吐いた。

「……はぁ、は……ぁ、は……あ」

なにもかも出し尽くし受け入れて、ヨゼフィーヌはぐったりと全身の力を抜いた。

「とても悦かった、素晴らしい——愛している、ヨゼフィーヌ」

アルバローズが甘くささやきヨゼフィーヌの頬を撫で、そっと唇を奪ってくる。

「……ん、ん……ぁ」

幸福の絶頂の中で、ヨゼフィーヌはうっとりと目を閉じ、優しい口づけを受け容れる。

すべてが終わった後、まだ繋がったままこうして快楽の余韻に浸る時間が、とても愛おしい。

「愛しています、アルバローズ……愛しています」

自分からも愛の言葉を返し、口づけに応えた。

——そうして、二人は身体を寄せ合ってしばらくの間、たゆたうような満ち足りた時間を共有していた。

やがて――ヨゼフィーヌの髪を愛おしげに撫でていたアルバローズが、ふと思い出したように、動きを止め、わずかに身体を離した。

そして、ひどく真剣な眼差しで見つめてくる。

「ヨゼフィーヌ、私は本当の自分のことを、全部思い出したんだ――その、本当の名前もだ」

ヨゼフィーヌはエメラルド色の瞳を、嬉しげに輝かせる。

「まあ、よかった、よかったわ、アルバローズ――ではなく、本当のお名前を教えてくださる？」

「うん。最初から身分を明かして、あなたに警戒されるのが不安で、言い出せなかった――どうか、驚かずに聞いてほしい」

アレックスは一呼吸置き、おもむろに告白する。

「私の本当の名前は、アレックス・ロマーニ四世だ」

「え？」

ヨゼフィーヌがぽかんと口を開ける。

一瞬、彼が冗談を言っているのかと思った。

だが、相手は今まで見たこともないような、真摯で威厳のある表情を崩さない。

「そう、私はこの国の皇帝アレックスだ。だが、ヨゼフィーヌ、安心してくれ。それで、私たちの関係が変わることなどあり得ない。私はあなたとローズマリーのことを、絶対に離さないから。必ず二人を幸せに――」

ヨゼフィーヌの頭から、血の気が引いていく。

皇帝陛下？

まさか、そんなこと――？

胸の中がさーっと冷えていく。

思わず、どん、とアレックスの胸を突き飛ばして、身を離した。

突然のヨゼフィーヌの行動に、アレックスは意表を突かれたような顔をした。

「ヨゼフィーヌ――？」

ヨゼフィーヌは全身が小刻みに震えてくる。

アルバローズが、やんごとない出自であろうことは、最初から感じていた。

物腰にも言葉にも、普通の人にはない気品と威厳と優美さがあった。

おそらくとても身分の高い人だろうと、わかってはいた。

けれど――まさか、一国の頂点に立つ皇帝陛下だったなんて。

いや、たとえ彼が悪魔でも天使でも、ヨゼフィーヌの愛に揺るぎはなかったろう。

ただ、問題はアレックスの方ではないのだ。

問題は――。

アレックスは、蒼白になって黙り込んだヨゼフィーヌの様子を、勘違いしたようだ。

「なにも、不安がることはない。ヨゼフィーヌ、私はあなたとローズマリーを全力で守るから――」

彼は優しく両手を伸ばし、ヨゼフィーヌを抱き寄せようとした。

ヨゼフィーヌはすっと身を引いた。

喉が塞がって、声を絞り出すのにひどく時間がかかる。

「……触らないで」

感情の抜け落ちたようなヨゼフィーヌの口調に、アレックスは目を見開く。

ヨゼフィーヌは、心臓がきりきり痛んだが、必死で声を紡ぐ。

「わたしに、触れないで……！」

第三章　お城へ連れ去られて

ヨゼフィーヌは絶望感で真っ暗になる頭の中で、これまでの人生を思う。

ヨゼフィーヌの実の父は、先代の皇帝アレクサンダーの時代に仕えていたバルト宰相である。

それはまだ、ヨゼフィーヌが生まれる前のことだ。

血気と野望に駆り立てられた父バルト宰相は、皇帝の権力を一手に奪うべく、反乱の陰謀を企(たくら)んだのだ。

皇帝アレクサンダーの愛妃ロザリンデと、まだ幼い皇太子アレックスをかどわかし、危険な目に遭わせた。

だが結局、バルト宰相の野望は、妻子を命を賭けて守ろうとした皇帝アレクサンダーに、完膚無きまでに潰された。

バルト宰相は逮捕され、貴族牢獄（ろうごく）に終身刑となった。

母であるバルト宰相の妻はすぐに離縁し、人知れず遠縁の辺境伯の叔父を頼って身を寄せた。その時には、母のお腹にはヨゼフィーヌが宿っていたのだ。

母はヨゼフィーヌを産んですぐ、産褥（さんじょく）熱でこの世を去ってしまった。

一人残されたヨゼフィーヌは、叔父伯爵家の厄介者になった。国家へ反逆を企てた人物の娘である。バルト宰相のゆかりの子どもであることを秘するため、ヨゼフィーヌは叔父の家の子として育てられた。

しかし、もの心ついた時からヨゼフィーヌはずっと、お前は反逆者の娘だ、家名の面汚しだ、生きている価値もない、と罵られ虐（いじ）められてきた。

そして、七歳になる頃には、侍女のアンナ一人をあてがわれ、奥庭の離れに軟禁されるように住まわされたのだ。

ヨゼフィーヌは、自分の運命を呪った時もあった。

けれど、それよりは与えられた人生を大事に生きよう、と思い直した。

未来に希望は持てないけれど、誰も憎まず誰にも迷惑をかけることなく、花を育ててひっそりと生きていければ、それでいいと思っていた。

そんな時、アルバローズに出会った。

生まれて初めてで、きっと最後の恋。

自分の惨めな人生で、一番輝いて幸福な時間がそこにあった。

いつかきっと、アルバローズは自分を取り戻し、元いた彼のあるべき場所へ帰っていくだろうと、覚悟していた。

なのにアルバローズは、過去を思い出さなくてもいい、ずっと一緒に生きていこうと言ってくれた。

どんなにか嬉しかったろう。

もう、その言葉だけで、ヨゼフィーヌが生まれてきた意味があったと思えた。

だから――アルバローズが忽然と姿を消した時には、ショックではあったが諦めをつけることもできたのだ。

けれど、神は、そんなヨゼフィーヌをあまりにも哀れだと思われたのだろう。

お腹に、アルバローズの子を宿してくれた。

二人の愛の結晶を産み育てることが、ヨゼフィーヌの唯一の生きるよすがとなった。

たった一人で子どもを産み育てることは、迷いと苦労の連続であったが、ローズマリーの笑顔を見れば、疲れも苦しみも吹き飛んでしまう。

アルバローズと愛し合う悦びとはまた違う、無償の愛を注げる存在のローズマリーは、ヨゼフィーヌのたったひとつの宝物だった。

まさか、アルバローズと再会できるとは思ってもいなかった。

彼の愛は少しも変わりなく、ローズマリーの誕生も心から喜んでくれて、ヨゼフィーヌはもうこれからは、親子三人の幸福な人生しか待っていないだろうと、一瞬信じかけた。

だが――。

運命はどこまでも残酷だった。

アルバローズは、アレックス皇帝だったのだ。

その昔、幼い皇太子だったアレックスを窮地に追いやったのは、父バルト宰相だ。決して、父の罪は許されないことで、その娘であるヨゼフィーヌを、アレックスが愛するはずもない。

至上の悦びから一転、地獄に突き落とされた。

あまりにも過酷な運命。

ヨゼフィーヌは、その場で雷にでも打たれて死んでしまいたいと思った。

でも、ローズマリーがいる。

どんなに辛くても、娘のためには強くなれる。生きなければならない。

ヨゼフィーヌは、苦しい胸の内で決意する。

ローズマリーとアレックスのために、心を鬼にしよう――と。

「わたしに、触れないで」

突然のヨゼフィーヌの豹変に、アレックスは愕然とした。

おそらく、自分の名前と身分を明かしたことで、彼女は混乱しているのだ。

無理もない。

誰だって、一青年として愛していた人が実は皇帝陛下であったなどと急に言われても、すんなり理解できるはずもないだろう。

控えめなヨゼフィーヌはきっと、辺境の伯爵家の娘である自分との身分差に、恐縮したのだろう。

だが、アレックスには自信があった。

ヨゼフィーヌとローズマリーへの愛は、決して揺るがない。

生涯で、妻となるのはヨゼフィーヌ以外には考えられない。

辺境伯家の娘を皇妃にすることに、首都のゴルツ貴族議会議長を中心にした保守派の貴族議員たちは、当然反発するだろう。

しかし、アレックスがそう望むのだから、一歩も譲る気はない。

ヨゼフィーヌを人生の連れ合いにし、ローズマリーを皇女として育てる幸せな未来しか、アレックスには見えなかった。

今は混乱しているだろうが、賢明で芯の強いヨゼフィーヌのことだ、アレックスの妻となる道を必ず選んでくれる。

蒼白になって身を強張らせているヨゼフィーヌに、アレックスは穏やかに語りかける。

「私を、信じてくれるね？ ヨゼフィーヌ。私の気持ちや言葉には、嘘偽りはない。あなたを生涯かけて愛するから」

するとヨゼフィーヌは深く息を吸うと、抑揚のない声で答えたのだ。

「わ、わたしは嘘を、ついておりました」

「嘘——？」

アレックスは目を瞬いた。何を言おうとしているのだろう。

ヨゼフィーヌは目を合わせないようにうつむき、早口で言った。

「ローズマリーは、ほんとうはあなたの子どもではありません」

アレックスは一瞬、衝撃を受ける。

動揺して、声が掠れた。

「私の子どもではないと？　では、誰の子どもだというのだ？」

ヨゼフィーヌがぎゅっと目を強く瞑る。目尻から涙が零れた。

「ふらりと通りすがった、旅の男です。わたしは、淫らな気持ちを抱いて、その男と関係を持ったのです。その男は、すでにこの地を去りました……」

アレックスは瞬時に悟った。

なんて下手な嘘だろう。彼女は偽りを言っている。

ヨゼフィーヌほど清廉で誠実な娘が、欲望に負けて行きずりの男と関係を持つなど、あり得ないことだ。

「なにを、馬鹿なことを言っているのだ」

宥めるように声をかけると、ヨゼフィーヌはふいに顔をこちらに振り向け、必死の形相で言い募る。

「嘘ではありません！　わたしは、あなたが思うような誠実な女ではないのです。劣情と誘惑に負けた、あさましい女です。あなたと再会できた嬉しさのあまり、つい嘘をついてしまったの。到底、皇帝陛下にふさわしい女ではありません！」

強い口調と裏腹に、彼女のエメラルド色の瞳は涙で揺らめき動揺を隠せていない。

アレックスは混乱した。

「ヨゼフィーヌ、どうしたというのだ？　さっきまで、あんなにもあなたと熱く愛し合っていたのに――」

「もう、あなたを愛してはおりません！」

空気を引き裂くような甲高い声で、ヨゼフィーヌは告げる。

アレックスは、後頭部を鈍器で殴られたような衝撃を受けた。

「あなたに置いていかれて、三年も経っているのよ。あなたへの愛なんか、とうに冷めました。わたしは、寂しかった。寂しさを慰めてくれる男性なら、誰でも良かったのです。あなたなんか、もう、愛していない……！」

胸を抉られる言葉を投げつけられ、アレックスは思わず言い返してしまう。

「なんて薄情なひとだ――あなたは」

ヨゼフィーヌは、今ここで息が止まってしまえばいいのに、と思った。

アレックスの目つきが険悪になり、こちらを見下げたような顔で見つめてくる。彼の、そのような厳しい表情を、今まで見たことがない。

アレックスに軽蔑されるなんて、身を切られるように辛い。

でも、なんとしても、彼に見捨てられるようにしなければならない。

自分の存在は、愛するひとにとって、害をなすだけなのだ。

どうかわたしを嫌って、見捨てて、この場を永久に去って。

それがアレックスのためであり、彼の幸せなのだ。

だから、ほんとうの理由を説明することはできない。

ローズマリーがいるから。

仇(かたき)の娘との間にできた子どもだと知ったら、きっとアレックスはローズマリーをも憎むだろう。

自分はどんなに嫌われ憎悪されても耐えられる。けれど、愛しいローズマリーにだけは、アレックスに嫌悪感を持ってほしくない。

他人との間にできた子どもということなら、アレックスも愛情を失い、興味を持たなくなるに違いない。その方がまだましだった。

ローズマリーは込み上げてくる嗚咽を押し殺し、繰り返した。

「あなたなんて、もう、愛していない」

アレックスが激昂(げきこう)した表情で、両肩を摑んできた。彼はがくがくと揺さぶってくる。

「では、なにもかも、嘘だというのか？　再会した時のあの言葉も表情も、先ほどまで熱く繫がっていた際の、めくるめくような愛の言葉も、なにもかも、嘘だと？　私をたばかったのか？　もう愛していないのか？　私を、愛していないのか？」

アレックスの切実な眼差しが、突き刺さるようだ。

ヨゼフィーヌは緊張で息が詰まり、気が遠くなりかけたが、必死で抵抗した。

「愛していません、愛していません、愛してなんか、いません……！」

突然、うわーんという泣き声が響き渡った。

「ママ、パパ、けんか、だめ、けんか、だめ、だめぇ」

ヨゼフィーヌとアレックスは、ハッとして同時に言葉を吞み込む。

戸口のところに、ローズマリーがしくしく泣きながら立っていた。

ヨゼフィーヌはとっさに駆け寄って、ローズマリーを抱きしめた。

「ごめんなさい、起こしてしまったのね。泣かないで、泣かないで、ローズマリー。ママはけんかをしていたのではないのよ、泣かないで」

ローズマリーは涙でぐしゃぐしゃの顔を上げ、しゃくりあげながらたずねる。

「けんか、ちがうの？　パパとなかよし、する？」

ヨゼフィーヌは、せつなさにきゅうっと胸が締め付けられる。ローズマリーの頬に口づけを繰り返し、優しくささやく。

「なかよく、するわ。約束する。ローズマリーは、何も心配しなくていいのよ」

「うん……」

ローズマリーは、濡れた青い目をアレックスの方に向けた。

「パパも、やくしょく、する?」

アレックスが顔を紅潮させる。

彼が泣き笑いのような表情になった。そして、優しいコントラバスの声で応えた。

「ああ、やくそく、するよ」

ヨゼフィーヌは、アレックスにそんな顔をさせた罪悪感で、胸がずきずき痛む。

すると、ローズマリーは、するりとヨゼフィーヌの腕から逃れ、とことことアレックスの方に歩み寄った。

彼女はアレックスの片手の指を自分の小さな手で摑むと、そのままこちらへ誘導するように引っ張ってきた。

ヨゼフィーヌの前まで来ると、ローズマリーはヨゼフィーヌの片手も取り、ぎゅっとアレックスの手に押し付けた。

「やくしょく、ママもパパも、なかよし、やくしょく」

ローズマリーのいたいけな姿に、ヨゼフィーヌは涙が零れそうになる。

顔を上げると、同じように気持ちを抑えているアレックスと目が合った。

ヨゼフィーヌは眼差しで訴える。

ここはローズマリーのために、言い争いをやめましょう、と。

その気持ちは、瞬時にアレックスに伝わったようだ。

彼はゆっくりと膝を折ると、ヨゼフィーヌとローズマリーを抱えるように腕を回した。

そしてもう片方の手で、ローズマリーの少しウェーブのかかった艶やかな金髪を愛おしげに撫でた。

「やくそくするよ、ローズマリー。私はこれから、絶対に、君のママとけんかしない。仲良くする。君を悲しませないよ」

それとなく「パパ」という言葉を避けているアレックスの言葉に、ヨゼフィーヌは彼の迷いと哀しみを感じ、胸を突かれた。

と、アレックスはそのままヨゼフィーヌの耳元に顔を寄せ、自分にだけ聞こえる声でささやいたのだ。

「あなたがどうしても私と来てくれないというのなら、ローズマリーだけを連れていく」

ヨゼフィーヌはびくりと身を竦めた。

怯えた眼差しで彼を見つめると、アレックスは威圧的な表情になる。

「皇帝の私が決めたことだ。ローズマリーの出自にかかわらず、この子は皇城に引き取る」

ヨゼフィーヌは背筋が震え上がった。

小声で答える。

「だめ、そんなこと、できません……この子と別れるなんて」

「では、あなたも一緒に来るのだ」

断固とした口調だ。

ヨゼフィーヌは言い返そうとして、二人の顔を心配そうに交互に見上げているローズマリーに気がつき、口を噤んだ。

アレックスがさらに顔を近づけ、ささやく。

「来るね？」

ヨゼフィーヌは、そっと息を吐いた。

相手がこの国の頂点に立つ皇帝陛下だということを、忘れていた。絶対の権力者の彼が、こうと決めたら逆らうことなどできないのだ。

「……はい」

消え入りそうな声で答えた。

アレックスが満足げにうなずいた。

「よし、決まった。では、あなたはローズマリーを寝かしつけて、もう休むといい。明日は、早めに出立する。私は、ここのソファで仮眠を取るから」

ヨゼフィーヌはローズマリーを抱いて、のろのろと立ち上がった。

寝室に向かおうとして、ひとつだけ頼みたいことを思いつく。

「あの……アンナのことだけ。彼女は今まで忠実に私たちに仕えてくれました。ローズマリーも、実の祖母のように慕っています。年老いた彼女を、一人ここに残しては、いけません」

アレックスは鷹揚に言う。

「もちろんだ。アンナも皇城に連れていこう。ローズマリーの乳母役として今までどおり、仕えてもらうといい」

ヨゼフィーヌは、ほっと胸を撫で下ろした。

アレックスはローズマリーに向かって、厳格な表情を一変させ、穏やかに微笑んだ。

「おやすみ、ローズマリー。明日は、皆でちょっとおでかけしようね」

ローズマリーは小さな手を振って、無邪気な笑顔を浮かべる。

「うん、パパ、おやしゅみなさい」

アレックスも手を振り返す。

その様子は、会ったばかりだというのに、すでに深い絆で結ばれている父娘(おやこ)の姿そのもので、ヨゼフィーヌは甘苦しく胸が締め付けられるのだった。

ベッドでローズマリーを寝かしつけながら、ヨゼフィーヌはこれからの自分の運命に想いを馳(は)せた。

あれほど違うと言い張ったが、アレックスはローズマリーを自分の子どもだと信じているのか。確かに、ローズマリーの容姿はアレックスにそっくりで、父娘だということは一目瞭然かもしれない。アレックスにはまだ子どもがいないのだろうか。それで、ローズマリーを手元に置きたくなったのだろうか。

そこまで考えて、ヨゼフィーヌはハッとする。

アレックスは既婚者かもしれないのだ。

彼は天下の皇帝陛下だ。しかも、あのように優れた才覚と抜きん出た美貌の持ち主だ。

すでに、身分の高い貴族の令嬢とか、大国の姫君を妻として迎えているのかもしれない。

ずっと辺境の地で、世間と隔絶して生きてきたヨゼフィーヌには、中央首都の情報はほとんど入ってこない。特に、皇帝家の消息に関しては、意図的に避けてきた。

(わたしは、皇帝アレックスのことは何も知らない。わたしの知っているのは、わたしを愛してくれた優しい青年、アルバローズだけ……)

やるせない哀愁が心を支配し、ヨゼフィーヌはなかなか寝付けなかった。

翌朝——いつものように夜明けに目が覚めた。

ローズマリーがすやすや眠っていることを確認して、音を立てないように起き上がり身支度した。今日、首都に連れていかれてしまうのなら、最後に庭の花の手入れをしていきたかった。

エプロンを腰に巻いて、寝室から出る。

居間を見回すと、ソファに寝ているはずのアレックスの姿がない。ただ、彼のマントが無造作にソファの背もたれにかけられている。どこに行ったのだろう。

扉を開けると、屋外は朝靄(あさもや)でけむっていた。

離れの横の物置へ、スコップや枝切り鋏の入ったバケツを取りに行こうとして、物置の扉が開きっぱなしなのに気がついた。

「?……」

目を眇めて周囲を見回すと、向こうの花壇にしゃがんでいる人影があった。

足音を忍ばせて近づくと、アレックスが腕まくりをして、薔薇の枝の剪定をしている。

ぱちんぱちんと、リズミカルな鋏の音に、まるでアルバローズが戻って来たかのような錯覚に陥り、胸が熱くなった。

「アル——皇帝陛下、なにをなさっておられますか？」

アレックスがゆっくり振り返り、白い歯を見せて笑う。

「ここらの枝が少し伸びてきているので、枝払いをしていた。さあ、これでよい」

彼はおもむろに立ち上がり、額の汗を拭った。

「不思議だな。この三年間のことはすっかり抜け落ちていたのに。庭を散策していて、この薔薇の木が目に留まり、むしょうに手入れがしたくなった。考えなくても、手が覚えていたよ」

穏やかに微笑むその姿は、アルバローズの頃と少しも変わっていなかった。

ヨゼフィーヌは、彼への愛情が迸りそうで、必死で自分を抑えていた。

薔薇の木に近づき、開きかけた花に手を添える。

「綺麗に剪定できております。来年もこの薔薇は美しく咲くでしょう、感謝します陛下」

ふいに、背後からふわりと抱きしめられる。

背の高いアレックスの顎が、自分の頭に触れるのが感じられ、脈動が速まった。

「アレックスと呼んでくれ」

アレックスがヨゼフィーヌの髪に顔を埋め、低くささやく。

ヨゼフィーヌはさらに心臓が高鳴る。だが、努めて平静な口調を保とうとした。

「そんな、恐れ多いことです、陛下」

わずかにアレックスの腕に力が籠った。

「命令だ、アレックスと呼べ」

ヨゼフィーヌは、諦めのため息を吐く。

「――アレックス様」

「うん――それでいい」

アレックスも、小さくため息を吐いた。

二人はしばらくそのまま、じっと抱き合っていた。

触れている部分から、互いの想いが伝わってくるようで、ヨゼフィーヌはいたたまれなくなる。

「出かける支度をしてきます。アンナとローズマリーを起こします。どうかこのことは、母屋の叔父一家には内密にしてください。わたしから、叔父に置き手紙をしたためましょう」

身を捩って、アレックスの腕から逃れた。

アレックスは空っぽになった自分の腕を一瞬見つめ、それから硬い表情で答えた。

「よかろう。最小限の荷物でかまわぬ、一時間で支度してくれ。私は一度屋外に待機している連れの兵士たちに指示を出してくる。一時間後に、離れへ迎えにいく」

彼はくるりと踵を返すと、そのまま庭から立ち去った。

その姿は、威風堂々として権威ある皇帝の姿そのものだ。

（わたしの愛したアルバローズはもういないの。ヨゼフィーヌ、甘い夢を見てはだめよ）

ヨゼフィーヌは自分に強く言い聞かせ、離れに戻った。

ローズマリーを起こして、着替えをさせていると、奥から起床したアンナが姿を現した。

ヨゼフィーヌはこの事態をどう説明していいか、迷ったが、正直に話すのが一番いいだろうと思った。

行方知れずだったアルバローズが、昨夜戻って来て、実は彼は皇帝陛下アレックスだったこと、彼の意向で、ヨゼフィーヌとローズマリー、アンナは首都の皇城に住むことになることなど、手短に話した。

ひとのよいアンナは好意的に解釈したのか、

「ああ、やっと、やっと奥様に春が巡ってきたのですね！　あの誠実な青年アルバローズが、皇帝陛下で、奥様とお嬢様をお迎えに来たなんて、おとぎ話のよう。なんて素晴らしいのでしょう！　神様は、奥様をお見捨てにはならなかったのですね！」

と、感涙にむせんだ。

ヨゼフィーヌはそれを否定することはしなかった。

アンナは、ヨゼフィーヌの身上を知らされていない。叔父の家に引き取られた、遠縁の天涯孤独な娘だと思っている。ひたすらヨゼフィーヌとローズマリーの幸せを祈り、誠実に仕えてくれているこの老女の気持ちを慮ったのだ。

同じように事情を知らないローズマリーは、ハイキングにでもいくようにはしゃいでいる。

「パパとおでかけ、パパとおでかけ、わーい、わーい」

無邪気に部屋の中を跳ね回っているローズマリーの姿に、涙を堪えるのがやっとだ。

叔父には、詳細を省き、手短に手紙をしたためた。

思うところがあり、ローズマリーを連れて家を出るので、捜さないでほしい。もう二度と、伯爵家には戻らないので、安心してほしい――と。

そもそもが、ずっとヨゼフィーヌを疎ましく思ってきた叔父のことだ。

ヨゼフィーヌたちが姿を消しても、捜索などしないだろう。かえって、厄介者がいなくなって安堵するだろう。

手紙を書き終わる頃に、ほとほとと扉が叩かれた。

アンナが扉を開くと、きちんと身なりを整えたアレックスが立っていた。背後には、長身でがっちりした体軀の赤毛の騎士が、影のように付き添っている。

「ま、まあ、アルバローズ様――あ、いえ、陛下」

アンナは別人のように威厳と気品に満ちたアレックスの姿に、慌てふためいて平伏しようとする。すると、アレックスが素早く手を振ってアンナを押しとどめた。

「アンナ、お前は足が悪かったろう。そんな儀礼など無用だ。そのまま、そのままでよい」

アンナは恐縮しながらも、従った。

アレックスの思い遣り深い態度に、ヨゼフィーヌは気持ちが温かくなるのを感じ、これから先の不安が少しだけ薄れた。

アレックスは背後の騎士に命令する。

「クリストフ、お前は荷物を運んでくれ。私は――」

アレックスがおもむろに跪き、両手をローズマリーに差し伸べる。

「おいで、ローズマリー。馬車まで抱っこしてやろう」

「うわあい、だっこ、だっこ」

ローズマリーは歓声を上げて、アレックスの腕の中に飛び込む。

アレックスはひょいと片手でローズマリーを抱き上げ、もう片方の手をヨゼフィーヌに差し出した。

「さあ行こう。母屋の人々が目覚めてしまう。日が昇りきらないうちに、ここを出ていこう」

優美に差し出された手に、おそるおそる自分の手を預けた。

クリストフと呼ばれた赤毛の騎士が、全員の荷物を軽々と持ち上げ、杖(つえ)を使うアンナの腕を引いた。

一行は粛々と離れを出た。

裏庭の壊れた木戸から屋敷を後にする。幸い、まだ母屋の者たちは寝静まっているようで、気づかれることはなかった。

「あの丘まで行けば、馬車と私の護衛兵たちが待機している」

アレックスは、朝露で滑りやすい足元を気遣ってか、ヨゼフィーヌの手をしっかりと握り直した。

ゆっくりと丘を上っていくと、すぐに大型の四頭立ての馬車と小さな二頭立ての馬車、その周囲を整然と列を組んで守っている兵士の一団が見えた。

「うわあ、おうましゃんだ、へいたいしゃんも、いっぱい」

アレックスの腕の中で、ローズマリーが素っ頓狂な声を上げた。

無理もない。ずっと離れに閉じこもるように暮らしていて、知っている人間といえばヨゼフィーヌとアンナだけだったのだ。馬も兵隊も、ヨゼフィーヌが読み聞かせた絵本で覚えたのだ。でも、ローズマリーの態度には怯えている様子はなかった。逆に、彼女は新しい刺激に目を輝かせている。

「閣下、ご命令どおり、馬車の用意をいたしました」

最前列の厳しい年配の兵士が進み出て、恭しく膝をついて報告する。

「うん、ご苦労。すぐに首都へ出立する」

アレックスはクリストフに荷物を馬車に乗せて、小さい方の馬車にアンナを誘導するように命令した。

無駄のないアレックスの指示にてきぱきと従う兵士たちの様子に、ヨゼフィーヌは否が応でも彼がまごうかたなく皇帝であることを思い知らされる。

「では、私たちはこちらの馬車に乗ろう。おいで」

アレックスは大型の馬車の扉を開くと、先にローズマリーを座席の奥に座らせ、次にヨゼフィーヌが乗り込むのに手を貸した。

馬車の中は、まるで小さなホテルのように豪華な内装だ。

煌びやかな壁紙が一面に貼られ、座席は腰が沈みそうに柔らかなクッション、床には厚い絨毯が敷き詰められ、窓にはゴブラン織りのどっしりしたカーテンが掛けられている。

ローズマリーは生まれて初めて馬車に乗って、はしゃいだ様子で座席の上でぴょんぴょん跳ねている。

「ママ、ママ、ふかふかだよ、ふかふか」

最後に乗り込んできたアレックスは、その様子に微笑ましげに目を眇める。

彼はヨゼフィーヌの向かい側に腰を下ろし、ローズマリーに声をかける。

「ローズマリー、もう馬車が出る。立っていては転んでしまうよ。私の膝の上にお座り」

「はあい」

ローズマリーは素直に従い、アレックスの膝の上にちょこんと乗った。

アレックスがやんわりローズマリーの腰に手を添えた。

彼は、御者台があるあたりの天井を片手でこつこつと叩く。

「やってくれ」

アレックスのひと言で、がくんと馬車が大きく揺れ、走り出した。

「きゃ」

ローズマリーの軽い身体が前に倒れそうになる。が、アレックスがきちんと両手で守ってくれていたので、大事はなかった。

がたごと走り出す馬車の窓のカーテンを引き、アレックスがローズマリーを窓際に座らせた。

「そら、ローズマリー、お外を見てごらん。景色がどんどん飛んでいくよ」

「うわあ、すごい、すごい」

ローズマリーは窓ガラスに張り付くようにして、景色に夢中になった。

アレックスが顔をヨゼフィーヌに振り向け、嬉しげに笑う。

「ふふ、可愛いね。なんでも初めてなんだろう。興奮でほっぺが真っ赤になっている」

ヨゼフィーヌは釣られて笑い返してしまう。

「今が一番、いろいろなことを、乾いた地面が水を吸うように吸収していく時期なんです。今まで、こんなにはしゃいだローズマリーを見たことがありません」

「そうか——では、これからうんと、ローズマリーに教えてあげよう。彼女の欲しいもの、見たいもの、食べたいもの、なんでもありったけ、与えてやろう」

アレックス自身も、少し気持ちが高ぶっているようで、青い目がキラキラしている。

父娘の微笑ましい様子は心和むが、ヨゼフィーヌは胸の中で、首都に到着する前に、なんとか逃れられないかと、頭を巡らせていた。

このまま皇城に行くわけにはいかない。

今は前皇帝陛下夫妻は皇城には住まわれていないらしいが、過去の忌まわしい事件を知っている者も少なくないだろう。

いつ自分の本当の出自が知れるか、わからない。

事態が大ごとになる前に、なんとかアレックスの前から姿を消したい。

こうしてローズマリーと心を通わせている彼に、ひときわ愛情が高まるが、心を鬼にしなくてはならない。

すべてはアレックスのため、ひいてはローズマリーのためなのだ。

ヨゼフィーヌが落ち着いている様子だと思ったのか、アレックスは寛いだ表情になり、そっと手を握ってきた。

「ヨゼフィーヌ、多少強引だったが、あなたとローズマリーを幸せにしたい気持ちに偽りはない、私を信じてくれるね?」

ヨゼフィーヌはアレックスへの罪悪感で、胸が押しつぶされそうになるが、必死で笑みを浮かべて見せた。

「はい」

馬車は数時間走り続け、街道の途中の村に寄って馬の交換と小休憩を取ることになった。

途中で居眠りをしていたローズマリーを起こすと、彼女は眠そうな声で告げる。

「ママ、おしっこ」

ヨゼフィーヌは彼女を抱いて馬車を下り、背後から付いてくるアレックスに声をかけた。

「あの……ローズマリーがお手洗いを使いたいので、そこの木陰に連れていっていいでしょうか?」

アレックスは足を止め、わずかに目元を染めてうなずいた。

「ああ、わかった。行っておいで」

ヨゼフィーヌはローズマリーを抱いて、村はずれの森の木立の陰に入った。

そのまま、後ろを振り返らずどんどん森の奥へ向かう。

「ママ、パパは?」

ローズマリーが不審げな顔をする。

「しいっ、ローズマリー。パパとかくれんぼなの。見つかったら、負けよ、ね?」

小声で言い聞かすと、ローズマリーは生真面目な顔でこくんとうなずく。

「うん」

ヨゼフィーヌは足を速めた。幸いこの森は、藪が生い茂っていて、馬が通れない。アレックスが二人が逃げたことに気がつく前に、できるだけ遠くへ逃げるのだ。森を抜け、どこかの村の納屋の中にでも身を潜め、やり過ごそう。

(ごめんなさい、アレックス。でも、こうするしかないの。わたしはあなたにふさわしい女ではないの)

息を切らして、藪に足を取られ小枝で引っかき傷を作りながらも、ローズマリーを守るように胸に抱きしめ、進み続けた。

と、突然目の前の木立が揺れ、音もなくアレックスが目の前に立ち塞がった。

ヨゼフィーヌは目を見張り、棒立ちになった。

ローズマリーが嬉しげに声を上げた。

「あー、パパにみつかっちゃったぁ」

アレックスは蒼白な顔をしていたが、ローズマリーに向かっては柔和な声を出す。

「みっけ、ローズマリー」

ローズマリーがはしゃいで、きゃっきゃと笑う。

アレックスは素早く進み出ると、ヨゼフィーヌの肩に手を置いた。

「さあ、お遊びは終わりだ、帰ろう」

硬い口調だ。ぐぐっと肩に置かれた手に力が籠る。

アレックスはヨゼフィーヌの耳元で、低くささやく。

「私が油断するとでも思ったか？　あなたは私を信じていない。逃すものか」

ヨゼフィーヌは恐怖で震え上がり、声も出せない。

腕から、ローズマリーが抱き取られた。

「まだ、馬車に乗るけれど、もう少しのがまんだよ。馬車におやつのクッキーとミルクを用意させたからね」

アレックスがローズマリーの頬に優しく口づけする。そして、こちらを冷ややかな眼差しで見てきた。

「行くぞ。ヨゼフィーヌ」

「……はい」

もはや抵抗する力は残っていなかった。

先の道中、アレックスが監視を厳しくするのはわかりきっていた。

唯一の逃亡の機会を逃したのだ。

先に歩き出したアレックスの腕の中で、ローズマリーが機嫌よく手招きする。

「ママ、おやつ、だって。クッキーだって。はやく、はやくぅ」

ヨゼフィーヌは必死で笑顔を作った。

「今、行くわ、ローズマリー」

その後、道行きの休憩時間には、護衛と称して、屈強な騎士のクリストフが、ヨゼフィーヌとローズマリーの背後にぴったりと張り付いた。

ヨゼフィーヌとローズマリーの乗った馬車が首都に到着したのは、その日の夕方過ぎであった。

「ママ、おっきいおうち、ひと、いっぱい」

窓から首都の大通りの様子を覗いているローズマリーは、感嘆しきりだ。

ヨゼフィーヌも、初めて来た首都の想像以上の繁栄ぶりに目を見張るばかりだ。

石畳で舗装された広い道路、荷馬車や辻馬車がひっきりなしに行き交い、きちんと区画整理された高い建物、数えきれないほどの商店が立ち並び、そこにある商品は潤沢で、最新流行のファッションに身を包んだ人々――まさに文化と産業の中心地だ。

辺境の地に閉じこもって暮らしていたヨゼフィーヌには、まるで別世界のよう。

そして、この地の中心にある皇城に居を構え、国を取り仕切る最上位にいるアレックスもまた、別世界の人のようだ。

でも、ローズマリーを見るアレックスの目には純粋な愛情しか溢れていないように思えた。

不安と希望が胸の中を交差する。

ほどなく、街の中心地の少し小高い丘の上に立つ皇城が見えてきた。

「わあ、おしろー」

ローズマリーが歓声を上げる。

天に届くような高い尖塔を幾つも持った白亜の城だ。

周囲は堅牢な城壁で囲まれ、本城に入るには深い溝に渡した跳ね橋を通らねばならない。

警備は万全のようだ。

この城に入ったら、逃げることは容易ではないだろう。

ヨゼフィーヌは絶望感に駆られるが、アレックスとローズマリーの会話を聞いていると、せつなさに胸が熱くなってしまう。

「このお城で、一緒に住むのだよ、ローズマリー」

「しゅごい、しゅごい、パパ、パパはおうさま、なの?」

「ん? 王様、か?」

「おしろには、おうさまが、しゅんでいるんだよ。ママに、ごほん、よんでもらったもん」

「そうだな、王様のようなものかもしれないな」

「おうさまなの？　うわあ、しゅごい、じゃ、じゃ、ローズマリーはおひめさま、なの？」

「ああそうだ。ローズマリーを世界一可愛いお姫様にしてあげよう」

「うわあ、どうしよう、おひめさまになれるんだぁ」

ローズマリーはニコニコとアレックスを見上げ、アレックスも目を細めて彼女の頭を撫でている。

わずかな時間で、こんなにも心を通わせた二人なのに。

まぎれもない父娘なのに。

（でも、決してアレックスの娘ではないと言い張らねば。そうすることしかできない。真実は悲劇を招くだけだわ――二人のために、わたしはどんな悪役にでもなろう。たとえ、アレックスに憎まれ蔑まれようと、口が裂けても真実は話すまい）

ヨゼフィーヌは固く決意するのだった。

先導の兵士の合図で、城へ入る跳ね橋が下ろされ、馬車は広い正門前の広場に到着した。

「さあ、ここだ。下りようか、ローズマリー」

アレックスはローズマリーを抱きかかえ、先に馬車を下り、ヨゼフィーヌに手を差し出した。

「おいで」

ヨゼフィーヌは無言で彼に手を預け、馬車を下りた。

「おっきいー」

ローズマリーが口をぽかんと開けて城を見上げた。

アーチ型の正門の背後には、中世様式の城塞風の尖塔に囲まれ、表面に細かい装飾が彫り込まれた新時代様式の棟が連なっている。白を基調としているせいか、堅牢なのに優美だ。

ヨゼフィーヌも圧倒されて、声を失う。

「お帰りなさい、お兄様」

鈴を振るような声がして、正門に一人の淑女が現れた。

見事な金髪と澄んだ青い目の美貌はアレックスそっくりで、着ているドレスは一見簡素だが非常に手の込んだ刺繍(ししゅう)が施され、とてつもなく高価なものだとわかる。

「ああアンナニーナ、今帰った。突然留守を任せてしまったが、何事もないようで、感謝するよ」

「お兄様こそ、ご無事でお戻りでなによりです――で」

アレックスの言葉に、アンナニーナはにこりと微笑んだが、さっとヨゼフィーヌとローズマリーに顔を振り向けた時には、強張った表情をしていた。

「こちらの方々は？」

アンナニーナの高貴で鋭い眼差しに、ヨゼフィーヌは思わず目を伏せてしまう。

「彼女たちの説明は、後でゆっくりとするよ。小さい子どもがいて、長旅で疲れている。話はいずれまた――クリストフ、付いてこい。さあ、ヨゼフィーヌおいで」

アレックスはローズマリーを抱き直すと、ヨゼフィーヌの腕を掴み、やや強引に城の中へ導いた。後ろに、クリストフがぴったりと付き添った。

アンナニーナの横を通り過ぎる時、彼女はじろりと睨んできた。ヨゼフィーヌは、背中に突き刺さるような彼女の視線を感じた。

「お待ちになって、お兄様――」

アンナニーナが呼びかけてきたが、アレックスは振り返らない。

「あれは妹のアンナニーナだ。女性ながら政事が得意で、私の右腕となってくれている。少々気が強いけれどね」

まるで聖堂の中のような荘厳で広い玄関ロビーを、アレックスは進んでいく。ローズマリーはドーム型の天井一面に描かれたフレスコ画や、廊下のあちこちに飾られた高価な銀器や陶磁器、タペストリーなどに目を奪われて、きょろきょろしている。

「城の最奥の離宮が、私の個人的な城だ。あなたとローズマリーは、そこに住むといい」

アレックスの言葉に、ヨゼフィーヌはずっと気になっていたことを尋ねた。

「わたしたちはそこから出られない、ということですか？」

アレックスがちらりとこちらに視線を寄越した。

「当分はな——だって、あなたは私から逃げることばかり考えているだろう？」

そのやるせない眼差しに、ヨゼフィーヌは胸がきゅうっと痛む。答えることもできず、無言でいると、ローズマリーは少し大げさなほどのはしゃぎ声を上げた。

「パパ、パパ、ローズマリー、おしろにすむの？　いっしょ？　ママとパパ、いっしょ？」

アレックスが相好を崩した。

「そうだよ、ローズマリーは、好きなだけこのお城に住んでいいんだよ。もちろん、ママも私もいっしょだ」

「わあい、わあい、しゅごい、しゅごい」

ローズマリーが小さな手をぱちぱちと打ち合わせた。

その仕草はあまりにも愛らしい。

でも、繊細なローズマリーが、アレックスとヨゼフィーヌの間に流れる微妙な空気を敏感に感じ取って、幼いなりに気を使っている様子があまりに痛ましく、ヨゼフィーヌは涙が溢れそうだった。

長い回廊を抜けると、その奥に平屋造りの離宮があった。

美しい庭園に囲まれた大理石造りの上品な建物は、清廉なアレックスの好みだろう。

「パパ、こっちのおしろも、しゅき！　こっち、しゅき！」

ローズマリーは、アレックスの首に抱きつき、頬擦りした。

アレックスも愛おしげに彼女を抱きしめ、頬を擦り返す。

「そうかそうか。ローズマリーの欲しいものがあれば、なんでも私に言うがいい。私は王様だから、なんでも手に入れてやるぞ」

ローズマリーは擽ったいらしく、きゃっきゃっと笑った。

「わあい、わあい」

その屈託のない様子に、ヨゼフィーヌも笑みが浮かんできてしまう。

離宮の奥まで案内され、オーク材のどっしりした扉のある部屋に辿り着いた。

クリストフがさっと前に回り、扉を開けた。

「どうぞ陛下——先に使いをやって、お部屋の中を整えさせておきました」

アレックスは満足そうにうなずく。

「クリストフ、いつもお前には助けてもらってばかりだな——では、ヨゼフィーヌ、ここへ」

アレックスとローズマリー、ヨゼフィーヌの三人が部屋に入ると、クリストフは外から扉を閉めた。

控えの間を抜けると、そこは広々とした居間であった。

大理石の大きな暖炉、象眼細工を施した家具、テーブルや椅子は黒檀、ソファは時代物のタペストリーで覆われ、壁には高名な画家による風景画が幾つも飾られている。

「ここは客室なのだが、当面はあなたたちが住まうといい。その奥が寝室だ。そちらの扉は、洗面室と浴室。こっちがクローゼット、衣服はすぐに手配させよう。食事は専門の料理人が用意するが、台所もある。あなたはおそらく、ローズマリーには自分で食事を作りたいだろう。好きに使ってくれ。アンナも後からここへ寄越すので、そちらの侍女部屋を使うといい。一応、数名の侍女もつけるので、なにか足りないもの、欲しいものは彼女たちを通じて請求すれば、すぐに届けさせよう」

「おんり、おんり、パパ」

ローズマリーがうずうずしているので、アレックスはそっと彼女を床に下ろした。ローズマリーは、すぐさま部屋のあちこちを探検に出かける。

「ローズマリー、あまりあちこちいじってはだめよ」

「はあい」

ローズマリーを目を細めて見ているヨゼフィーヌに、アレックスは背後から話しかけてきた。

「子育てに必要なことや品物が、まだ私にはわからない。間違ったら、忌憚なく言って欲しい」

ヨゼフィーヌはその真摯な声に胸を打たれる。

彼が心からローズマリーの父になろうとしているのが窺い知れて、自分の暗い過去さえなければ、どんなによい家族になるだろうと思う。辛い気持ちはさらに深くなる。

「わかりました。アレックス様、ローズマリーのことに関しては、正直に申し上げることにします」

アレックスがわずかに悲しげな眼差しになった。

「ヨゼフィーヌ――アレックスと呼んでくれないか」

ヨゼフィーヌはその懇願するような表情に、心臓がドキドキして、なんでも彼の言うことを聞いてあげたくなる。

でも、そこをぐっと抑えた。

「いいえ……あなたは、アレックス皇帝陛下。私は一介の下級貴族の娘。ここは一線を引かねば、あなたの沽券にかかわるでしょう」

「沽券、など――」

「だって……あなたに、隠し子がいるとでも噂がたったら、これからのあなたの経歴に傷がつきます。あなたの正妃になられる方にも、失礼で――」

「そんなもの、おらぬ！」

アレックスが声を荒らげた。

ヨゼフィーヌは思わず口を閉ざす。

「あなたしかいない。私はあなたしか愛せない。愛さない。その気持ちだけは、未来永劫、変わりはしない」

アレックスの青い瞳は熱っぽく、また澄みきっている。

ヨゼフィーヌは思わず彼に縋り付きたい衝動に駆られ、必死で込み上げる愛情を抑え込んだ。

「もう、お戻りになられた方が。お城の方々もお待ちでしょう——わたしは、少し疲れました……」

側のソファに、へたりこんで声を振り絞った。

アレックスはハッと気がついたように、目を伏せた。

「ああ、すまない、大声を出して——では、夜、また訪れよう。それまで、ローズマリーとゆっくり旅の疲れを癒すがいい」

アレックスはそっと近づいてきて、ヨゼフィーヌの髪に口づけした。それからゆっくりと踵を返す。

ぱたぱたと足音を立てて、奥の部屋からローズマリーが走ってきた。

「パパ、パパ、いっちゃうの、パパ」

アレックスは肩越しに振り返り、優しい声を出す。

「ローズマリー、私は王様のお仕事があるからね。また、夜ごはんの頃にくるから、ママの言うことをよく聞くのだよ」

「はあい、いってらっちゃい」

ローズマリーは素直に手を振った。

アレックスも手を振り返し、彼はそのまま扉を開けて姿を消した。

ヨゼフィーヌは反射的に立ち上がり、扉に近づいた。ドアノブに手をかけると、鍵はかかっていないようだ。

そっと扉を開くと、クリストフが直立不動で背中を向けて立っていた。

彼はヨゼフィーヌが顔を覗かせたのにすぐに気がつき、顔だけ振り向けて硬い声で告げる。

「奥様。陛下の命令で、夜までは私がここの見張りに立ちます。大変申し訳ありませんが、部屋からお出になることは許可できません」

アレックスに忠誠を誓っているらしいクリストフは、一歩も引かない構えだ。

ヨゼフィーヌはため息をついてうなずき、扉を閉めた。

やはりアレックスは、ヨゼフィーヌとローズマリーをここに閉じ込めるつもりなのだ。

たとえ見張りの目をごまかして部屋を出られたとしても、勝手もわからない広い皇城で子連れでうろうろしていたら、たちどころに見つかって捕らえられてしまうだろう。

今はおとなしくしている方がいい。

アレックスを傷つけずに、ここを出ていく方法を考えよう。

そこへ、アンナが到着した。

「あれまあ、あまりに広くて立派なお城で、アンナは目が回ってしまいそうでしたよ」

気のおけないアンナが来てくれたので、ヨゼフィーヌはずいぶんと気持ちが落ち着いた。

その後は、ローズマリーも交えて、広い部屋の中を散策し、お茶を飲んで一服し、必要なものを書き出したりして、時間を過ごした。

晩餐（ばんさん）は旅の疲れもあり、城の料理人に食事を頼んだ。

ローズマリーと二人で、何十人も食事が取れそうな長いテーブルのある食堂で待っていると、アレックスがつけた侍女たちが、ぞろぞろと料理を運んでくる。

テーブルに、食べきれないほどのご馳走（ちそう）が並んだ。

今までは、パンとスープに、簡単な副菜をつけるだけの質素な食事をしてきたヨゼフィーヌは、目を丸くしてしまう。こんな贅沢は分不相応だと思い、すぐに下げさせようとした。でも、普段は食が細いローズマリーが嬉々（きき）としてご馳走に舌鼓みを打っている姿を見て、今日だけは特別で、次回からは自分で食事を作ろうと考え直す。

食事ひとつを取っても、辺境の離れでの暮らしとは雲泥の差だ。

食後、湯浴みをしたいと侍女に申し出ると、すぐに浴室に湯が張られた。

ローズマリーと二人で、白いタイル張りの浴室の泳げそうなほど大きな金張りの浴槽に、目を丸くした。

お湯は潤沢で、よい香りのする白い薔薇の花びらが一面に浮いている。

浴槽の側の台の上には、真新しい海綿と大きな石鹸(せっけん)、様々な香料オイルなどが整然と並んでいた。

離れには浴室などなく、水がもったいないので、隔週に一度、大きな木桶にお湯を張って、手拭いで身体を拭くのが精いっぱいだった。

「うわあ、きもち、いいー」

ヨゼフィーヌに抱かれて湯船に浸(つ)かったローズマリーは、歓声を上げて両手を振り回し、ばしゃばしゃとお湯を跳ね散らかす。

「こら、ローズマリー、はしゃがないの。ちゃんと綺麗に洗いましょう」

ヨゼフィーヌは、すっかり興奮しているローズマリーを落ち着かせるのに、苦労した。

元来明るい性格の娘だが、離れでは本能的にヨゼフィーヌの置かれた境遇を感じ取っていたのか、大声を出したりはめを外すような行動はしたことがなかった。

それが、今は無邪気に心から楽しんで笑っている。

(わたしは、知らず知らず、ローズマリーに我慢を強いて来たのかもしれないわ。娘にとっては、何不自由なくここで暮らす方がずっと幸せなのかもしれない……)

ちくりと胸が痛んだ。

浴槽から上がったローズマリーは、ヨゼフィーヌが止める間もなく、歓声を上げながら、そのままぱたぱたと浴室の外に走り出していく。

「あっ、だめよ、濡れたまま――ローズマリー、戻って」

ヨゼフィーヌは慌ててガウンを羽織ると、拭き布を手にして、ローズマリーの後を追う。

「きゃははは」

ローズマリーは思いもかけない素早さで、家具の間をすり抜け、部屋の中を逃げ回った。

「風邪を引くわ、ローズマリーったら」

なかなか捕まえることができず、ヨゼフィーヌはあたふたする。

と、ふいに扉が開いて、シャツにトラウザーズというラフな服装のアレックスが、部屋に入ってきた。

裸のままびしょ濡れで走り回っているローズマリーを見て、アレックスがぽかんとしている。

まっすぐ扉に向かって走っていたローズマリーは、きゃっと声を上げて、方向転換しようとした。

「アレックス様、捕まえてください！」

とっさに声をかけると、アレックスは素早く動いた。

ソファの後ろに隠れようとしたローズマリーの先に回り込み、さっと抱きかかえる。

「こら、捕まえたぞ！　まるで子猿だな」

彼はそのまま、ローズマリーを頭の上に持ち上げた。

ローズマリーは、あまりに楽しかったのか、アレックスの腕の中で、きゃーきゃーと甲高い声で笑い転げている。

ヨゼフィーヌは急いで走り寄り、ローズマリーの身体を拭き布でくるんだ。

「ああ、ありがとうございます。もう、こんなに身体が冷えて。風邪を引くでしょう。いけない子ね」

ヨゼフィーヌが少し怖い声を出して叱る。

ローズマリーは小さな舌を出して、肩を竦めた。

「ごめんなちゃい……」

ヨゼフィーヌは拭き布を巻きつけたローズマリーを、アレックスに手渡した。

「アレックス様、わたし着替えを取って来ますから、そこのソファに座って、頭や身体をよく拭いてやってくださいます？」

一瞬戸惑ったように動きを止めたアレックスは、すぐにうなずいてローズマリーを受け取った。彼はソファに腰を下ろし、ローズマリーを膝の上に座らせた。

いる。

「きゃあ、ごめんなちゃい、こうさん、こうさんよお」

言葉と裏腹に、ローズマリーは至極ご機嫌だ。おとなしくアレックスに身体を拭かれている。

「よし、ママの言うことを聞けない悪い子は、ゴシゴシの刑だ」

彼はそう言いながら、拭き布で少し乱暴にローズマリーの頭をごしごし擦る。

ヨゼフィーヌはほっとして、洗面所に用意してあったローズマリーの寝間着を取りにいった。

「さあローズマリー、お着替えを――」

急いで戻ってくると、ローズマリーを抱きかかえたアレックスが、唇に指を一本立てて合図した。なぜか彼は諸肌を脱いでいた。

「しいっ――」

見ると、ローズマリーはアレックスの膝の上ですやすやと眠りこけている。アレックスは自分のシャツを脱いで、ローズマリーの身体を覆ってやっていたのだ。

「まあ、あれだけ騒いでいたのに」

ヨゼフィーヌが呆れ声を出すと、アレックスが愛おしそうにローズマリーの洗い髪を撫で付けた。

「驚いた。ゼンマイが切れるみたいに、ことんと寝てしまった。幼い子というのは、こんなふうに突然気持ちが切り替わるものなのか」

アレックスがしみじみした声を出す。

ヨゼフィーヌはアレックスの横に座り、そっと両手を差し伸べた。アレックスがローズマリーを起こさないように、細心の注意を払って差し出してくる。

ローズマリーを受け取ったヨゼフィーヌは、膝の上で手早くローズマリーを着替えさせた。

今日一日のめまぐるしい出来事で、疲れ果てたのか、ローズマリーはピクリともしないで寝入っている。

ヨゼフィーヌは、ローズマリーの顔を見つめながらつぶやいた。

「そうね、ほんとうにくるくる気分が変わるの。振り回されて疲れる時もあるけれど、まるで万華鏡を見ているようで、とても楽しいの。毎日この子がいろいろなものを吸収して、成長している証なのでしょう」

「そうなんだね」

二人は寄り添って、しばらくローズマリーの寝顔を眺めていた。

こうしていると、なんのしがらみもない父と母のよう——。

ヨゼフィーヌは、知らず知らずアレックスに寄り添う形になっていて、ハッと我に返った。アレックスは上半身裸だったので、直に彼の肌や筋肉の感触を感じてしまったのだ。触れ合っていた部分が、火傷でもしたみたいにじりじり熱くなっている。

「あ、ベッドに寝かせてきますわ」

ローズマリーを抱き上げると、そそくさと寝室に向かった。

アレックスの視線が追いかけてくるのを、背中に感じた。

ローズマリーを寝かしつけて、居間に戻る。アレックスはなんだかぼんやりと、自分の膝のあたりを見つめている。

「お疲れでしょう。お茶でも淹れましょうか」

声をかけると、アレックスは穏やかな表情で答えた。

「今はいい。ヨゼフィーヌ、こちらにおいで」

「なんでしょう」

ヨゼフィーヌは、少し警戒しつつ近寄る。

アレックスは目の前に立ったヨゼフィーヌを見上げ、静かに言う。

「今日は、拉致するようにあなたたちを城に連れて来てしまって、悪かった——でも、わかってくれるね？　私があなたを、あなたとローズマリーを心から愛しいと思っていることを」

「……」

そんなことは、初めからわかっていた。

ただ、受け入れることができないだけなのだ。

ヨゼフィーヌが無言でいるので、アレックスは少し焦れたようだ。

「不可抗力だったとはいえ、子どもを宿したあなたを何年も放っておいた。私への愛が冷めてしまったとしても、仕方ないかもしれない。でも、あなたは一人でローズマリーを産んで、あんなにもいい娘に育ててくれた。私はあなたへの愛が、ますます強くなった」

「だ、だから……あの子は、あなたの子では……」

しどろもどろに言い返そうとしたが、アレックスはふいに、ぎゅっと手を握ってきた。

「私の子に間違いない。私への愛が冷めてしまったとしても、ローズマリーがいる。それが、愛の証だと、私は思いたい。ヨゼフィーヌ、やり直せないか？　もう一度、最初に出会った頃に戻って、愛を育て直さないか？」

アレックスの青い瞳は、まっすぐヨゼフィーヌに向けられた。

ヨゼフィーヌの心臓がどくんと高鳴る。

アレックスへの愛は少しも変わってはいない。いや、再会し、彼の真摯な態度を見るにつけ、さらに愛情は深まっていた。

手を握られただけで、身体中が蕩けて、なにもかもどうでもよくなってしまいそうなほど気持ちが揺れた。ヨゼフィーヌは脈動が速まるのを抑えきれず、思わず顔を背ける。

「あの頃に、戻るなんて、無理です……」

絞り出すように声を出す。アレックスの手にさらに力が籠る。

「……わたし、あの頃は、何も知らなかった。あなたが皇帝陛下であることも。あなたはただの平凡な青年、アルバローズだった。わたしは、それだけでよかったの。なにもないあなたが、そこにいるだけで、幸せだった」

アレックスは切実な顔をして、声を震わせる。

「今でも、私は何も変わってはいない。あなたは、身分や財産で、態度を変えるようなひとではないはずだ。どうして、そこまで私の愛を拒む？　私を信じてくれないのか？」

ヨゼフィーヌはもはや答えられず、力なく首を横に振り続ける。

胸が締め付けられて、息をするのも苦しい。

必死に手を振りほどこうとした。

「もう……許して……愛せない、愛せないの、わかって、ください……」

「ヨゼフィーヌ、私を見て！　目を見て答えてくれ！」

悲痛なアレックスの声に、喉元まで熱いものが込み上げてくる。心臓が抉られるように痛んだ。でも、顔を背け続けた。

「——答えてくれないのか」

「……」

アレックスの悄然(しょうぜん)とした口調に気持ちが打ちひしがれ、足が震えて立っているのもやっとだった。

「では、もうよい」

吐き捨てるように言われ、いきなり、強く腕を引き寄せられた。

「あっ」

身を捩って逃れようとする前に、背後からきつく抱きしめられた。アレックスの熱い肌の感触に、全身がびくりと慄く。

「いや……っ」

彼のたくましい腕の中で、弱々しくもがいた。

だが抵抗虚しく、そのままうつ伏せにソファに押し倒されてしまう。

のしかかってきたアレックスの熱い息が耳朶(じだ)にかかって、無意識に背中が甘く痺れた。

「もういい。あなたの気持ちは聞かない。ならば、皇帝の権限で、あなたを私のものにするだけだ」

　耳孔に、艶めいた声が吹き込まれ、ぞくぞく感じ入った。

「あなたは私の愛人になれ」

「愛人、ですって？　あっ……」

　ぬるっとアレックスの濡れた舌が、耳の後ろの感じやすい箇所を舐めてくる。

「そうだ、あなたは今から皇帝の愛人だ。命令だ。逃さぬ、ここにいるんだ」

　ゾッとするほど冷徹な言葉に、悲しみが全身に広がっていく。

「そんなの……だめ、いや……」

「否応あるまい。ローズマリーは渡さない。だから、あなたは私に従うしかない」

　首筋を辿ってきたアレックスの手が、ヨゼフィーヌの顎を摑んで強引にこちらに振り向かせた。

　そのまま嚙みつくような口づけを仕掛けてくる。

「んんーっ……」

　舌の侵入を拒もうと、歯を嚙み締めた。

　すると、もう片方の手が背後から胸元に回り、乳房をまさぐってきた。

「あっ……あ」

薄いガウン越しにきゅっと乳首を摘み上げられ、びくりと腰が浮いた。

悲鳴を上げた瞬間、強引にアレックスの舌が押し入ってきて、ヨゼフィーヌの舌を絡め取り、乱暴になぶってくる。

「んぅ、ん、んんん、んぁ……」

アレックスの舌が巧みに動き、ヨゼフィーヌの感じやすい口蓋を擦り上げ、舌の付け根を強く嚙まれた。

「く……は、あ、ん、ぁあ」

下腹部の奥から、疼くような熱い感覚が込み上げてくる。

溢れる唾液を啜（すす）られ、口腔内を乱暴に掻き回され、息ができない。

「……う、ぁう、んんぅ」

苦しげに眉を顰めると、アレックスは深い口づけを仕掛けながら、じっとこちらの表情を窺っている。その心の底まで見透かそうとするような強い眼差しに、思わず目を伏せてしまう。

何度も強く舌を吸い上げられ、息も絶え絶えになり、抵抗力が失われてしまう。

ヨゼフィーヌの身体の力が抜けると、やっと唇が解放された。

「はぁっ、は、はぁ……」

忙しない呼吸を繰り返していると、胸元をまさぐっていたアレックスの手が、下腹部へ下りて、ガウンを大きく捲り上げた。

「あっ、だめ……だめ……っ」

わずかな力を振り絞り、身を捩って抵抗する。アレックスは苛立たしげにガウンの腰紐をするりと解いた。

「無駄な抵抗をするな」

彼はうつ伏せにしたヨゼフィーヌの両腕を背中に回し、ガウンの紐で素早く括ってしまう。

「あっ、いやっ」

拘束されて、完全に動きを封じられてしまった。

「さあ、これでいい」

少し息を乱したアレックスは、ガウンの裾を腰の上まで捲り上げ、ヨゼフィーヌの下半身を剝き出しにした。

「ああ、美しい。あなたの身体は。ローズマリーを産んだせいか、以前よりさらにしっとりとして成熟している」

アレックスが感嘆したような声を漏らす。

「うう、やめてください……」

いつもは穏やかなアレックスに、このような乱暴な振る舞いをさせたのは、自分のせいだと思うと、辛くて悲しい。

「この真っ白くまろやかな尻の曲線。神のお造りになった最高の芸術品のようだ」

アレックスが身を屈め、ヨゼフィーヌのふっくらした双尻の割れ目に口づけしてきた。

「あっ」

淫らな感覚に、腰がびくりと浮く。

「柔らかくてなんて触り心地の良い——」

アレックスはため息交じりにつぶやき、ちゅっちゅっと臀部(でんぶ)の肌を吸い上げてきた。

「つぅ……あ、やめて、あ、あ」

鋭い痛みの跡が、じんじん艶めかしく疼いてくる。

「ああ、雪原に赤い花びらが点々と散って、なんて淫らで蠱惑(こわく)的なんだろうね」

アレックスの言葉に、自分では見えないだけに余計に卑猥な気持ちが掻き立てられてしまう。

アレックスの両手が、感じやすい横腹や太腿をそろそろと撫で回してきて、さらに興奮が増幅してくる。

焦らすみたいにゆっくりと両足が押し開かれ、アレックスの長い指が薄い茂みの奥の割れ目に触れてくる。

「ぁう、あ、だめ……そこ……は」

身悶えて逃れようとするが、アレックスの指は頓着なくさらに奥を辿ってくる。陰唇がぬるりと滑る感触がし、くちゅっと卑猥な水音が立つ。

「もうこんなに濡れて――口ほど嫌がっていないね」

アレックスが薄く笑う気配がする。

「うぅ……」

ヨゼフィーヌは恥ずかしさで、眦に涙が滲んでくる。

自分の身体の隅々まで知り尽くしてるアレックスに触れられては、感じるなと言う方が無理なのだ。

「あなたの身体の方が、ずっと素直だ」

蜜にまみれた指が、意地悪く慎ましい後ろの蕾にも触れてきた。

「あっ」

思いがけない刺激に、尻がぶるりと大きく震えた。

「ここも、感じる？　いいね、まだまだあなたの身体には、知らない箇所がいっぱいある。

それを、私だけがひとつひとつ暴いていくんだ」

アレックスの指は、ぬるぬると後孔から秘裂を行き来する。

「ん、んぅ、やめ……ぁ、あ、やめて……」

触れられるたびに、全身が甘く疼いて、腰が求めるみたいに揺れてしまう。

「そんな物欲しげに腰をくねられ、艶めかしい声で嫌だと言っても、私を誘っているようにしか見えないよ」

「ち、ちが……う、あ、やあっ」

必死で否定しようとしたが、アレックスの手がむっちりした尻肉をさらに押し広げ、濡れそぼった秘部を露わにされて、悲鳴を上げてしまう。

「綺麗で卑猥な眺めだ――真っ赤に腫れた花弁がひくひくして、私を待ち焦がれている」

熱い息が、愛蜜にまみれた秘裂に吹きかけられたかと思うと、ねっとりと熱いものが陰唇を這い回ってきた。アレックスが濡れた媚肉を舐め回してきたのだ。

「あ、あぁ、あ、や……ぁあ」

すでに疼き上がっていた肉びらを、アレックスの長い舌が這い回ると、痺れる愉悦が全身を駆け巡り、それを止めるすべがなかった。

「どんどん溢れてくる――なんだか、以前よりずっと濃厚で粘ついているようだ。蜜まで熟成しているのだね」

低くつぶやきながら、アレックスはぴちゃぴちゃと淫猥な水音を立てて、舌をひらめかせる。

「く、あ、はぁ、あ、あぁ、だめ……あ、ぁあん」

アレックスは花弁の一枚一枚を丁重に舐めていくが、淫らな刺激で充血して膨れてきた秘玉は、周到によける。

焦れた疼きが下肢から迫り上がってきて、ヨゼフィーヌは耐えきれずに内腿をぶるぶる震わせて、艶めいた喘ぎ声を漏らしてしまう。

「なに？　もっと舐めて欲しいのか？　わかっているよ」

アレックスがおもむろに、硬く凝りきった花芯をちゅっと吸い上げてきた。

「ふぁっ、あ、あぁあっ」

鋭い喜悦が背中を走り抜け、ヨゼフィーヌは拘束された身体を大きく仰け反らせ、甘い嬌声を上げた。

アレックスは口腔に吸い込んだ秘玉を、舌先でくりくり転がしたり、唇で扱くように咥え込んだりして、どんどんヨゼフィーヌを追い詰めていく。

「だめ、あ、だめ、もう、しないで、あ、あぁ、は、はぁああ……ん」

秘玉を強く吸われるたび、絶頂の一歩手前まで追い上げられ、腰ががくがく小刻みに跳ね上がってしまう。

鋭敏な花芽を攻められると、自ずと隘路の奥が疼いて、何かで満たしたいと渇望してしまう。

「ふぁ、あ、だめ、なの……あぁ、あ、だめ、あ、あぁあ、あん、んんぅ」

強い快感に、頭の中が次第に真っ白に染まり、ただ気持ちがいいとしか考えられなくなる。

ちゅうっと音を立てて秘玉を吐き出したアレックスは、ずきずき脈打つ肉粒を、濡れた指の腹で撫で回し、色っぽい声を出す。

「感じるだろう？　気持ち悦いだろう？　ここだけで、もう軽く達ってしまいそうだろう？」

触れるか触れないかの力で秘玉を擦られると、もう居ても立ってもいられないくらい、身体が疼き上がってしまった。

「いや……もう、許して……こんなの……いやぁ……」

必死で首を振り立て、アレックスの言葉を否定しようとするが、陰核を擦る速度が速まり、びりびり痺れる快感の嵐に襲われ、声も失う。

「ひ……ぅ、は、はぁ、は……あぁ、あ……」

激しすぎる愉悦に、ひいひいと息も絶え絶えで喘ぐことしかできない。

「ほら、身体の欲望に素直になって、言うんだ。気持ち悦いだろう？　もっとして欲しいだろう？」

アレックスは容赦なく追い詰めてくる。

「うぁ、あ、はぁ、ひ、ひぁ、ああ」

もう解放して欲しい。

柔襞が疼き上がって、淫らな飢えは限界まで来ていた。

快感も強すぎると、苦痛に変わると知った。

ヨゼフィーヌは感じすぎて、随喜の涙をぽろぽろ零しながら、声を振り絞る。

「い……い……気持ち、いいの……」

「どうして欲しい？　素直に言えば、あなたの望みどおりのものを与えてあげる」

指をうごめかせながら、アレックスはさらに言い募る。

「んう、あ、あぁ、はぁ、あ、アレックス様……ぁ」

ヨゼフィーヌは声を震わせる。

「もっとだ、もっと私の名を呼べ」

ヨゼフィーヌは、濡れた唇を半開きにし、赤い舌を引き攣らせながら懇願する。このままでは、ほんとうにおかしくなってしまう。

「ア、アレックス様、アレックス様……お、願い、奥に……奥にください……っ」

「私が欲しいんだね？」

「ほ、欲しい……あなたの太くて硬いもので、思い切り突いてください……っ」

もはや恥も外聞もなく、理性も薄れ、ただ満たして欲しい欲望に忠実になっていた。

求めるように、尻をはしたなく持ち上げてしまう。

「ああヨゼフィーヌ、可愛い淫らなヨゼフィーヌ、好きだ」

アレックスが感に堪えないような声を出し、おもむろに身を起こした。

背後で聞こえるかすかな衣擦れにすら、官能の期待にぞくぞく震えてしまう。

アレックスの節くれだった指が三本、ぬるっと媚肉の狭間に押し入ってきた。

「ひあっ」

圧迫感と擦られた悦びに、腰がさらに浮く。三本の指が隘路を大きく広げた。

かと思うと、熱く滾る肉塊が蜜口に押し付けられた。

その感触だけで、全身がじーんと甘く痺れる。

ぐぐっとアレックスが腰を沈めてくる。

「ひ……っ」

硬く膨れた剛直が、一気に貫いてきた。

「はあああっ……あ」

最奥まで押し入れられ、全身に鳥肌が立つくらい感じてしまう。

「く——そんなに欲しかったかい、あまり締めるな」

アレックスが深いため息を吐き、そのまま肉茎の太い根元で、蜜口を大きくぐるりと掻き回してきた。

「んんんぅ、あ、はぁ、はぁんん」

鋭敏な花芯を擦り付けるように腰を捏ね回され、ヨゼフィーヌは甲高い嬌声を上げて身悶えた。

待ち焦がれた挿入に、身体が悦びで慄くのが止められない。

「奥が、好きだったろう?」

アレックスは両手でヨゼフィーヌの柔らかな尻たぼを摑むと、そのままずちゅぬちゅと肉棒の抽挿を開始する。

笠の張った切っ先が、子宮口まで届き、そこをずんずんと突き上げながら、激しく揺さぶってくる。

「ふぁ、あ、奥、あ、当たる……ぁ、ああすごい……あぁ、すごくて……っ」

太竿がごりごり媚肉を抉っていく感覚に、耐えきれないほどの快感が湧き上がり、ヨゼフィーヌは拘束された身体をくねらせて、喘いだ。

感じるたびに、膣襞がきゅううっと収縮して、アレックスの肉胴を締め付けてしまう。

「ふ――あなたこそ、激しい――食い千切られそうなほど、締め付けてくる。こんなにいやらしく乱れるあなたは、初めてだ――素晴らしいよ」

アレックスの呼吸が飢えた獣のように乱れ、腰の動きはさらに加速を極める。

太い脈動が、恥骨のすぐ裏側を突き上げてくると、目の前に快感の火花がばちばちと弾けた。

「あ、やぁ、そこ、だめ、あ、だめ、あ、あ、感じ、すぎて……だめに……」

「知っている――ここ、あなたがひどく乱れてしまうところだ、いいね、もっと乱れて、もっと卑猥になって、もっと私を感じて」

ヨゼフィーヌは、びくんと背中を引き攣らせた。

がつがつと激烈な抽挿を繰り返しながら、アレックスは手慣れた動きで片手をヨゼフィーヌの股間に這わせ、膨れ上がった秘玉に触れてきた。

「やあっ、そこ、いじっちゃ……だめ、わたし、わたし……」

悲鳴混じりに訴えたが、アレックスは莢から剝き出しになった花芯を指の腹で捉え、腰の抜き差しに合わせ、小刻みに揺さぶってきた。

「んぁ、あ、だめ、いやっ、だめ、そこ、あ、だめ、だめ、もう、だめ……っ」

あまりに過酷な愉悦に、ヨゼフィーヌはいやいやと首を振るが、アレックスは躊躇(ちゅうちょ)なく追い上げてきた。

「だめぇーーーーっ」

腰が大きく跳ね、内壁が強くイキみ、下肢がぴーんと硬直した。

雷に打たれたような絶頂が身体の中心を走り抜け、ヨゼフィーヌはびくびくと背中をのたうたせて激しく達してしまう。

「……は、はぁ、は……ぁ」

力が抜けそうになったヨゼフィーヌの腰を抱きかかえ、アレックスはさらに揺さぶってきた。

「や、だめ、許して……もう、達ったの、達ったのにぃ……」

ヨゼフィーヌは悩ましくすすり泣く。

「何度でも達するとといい。もう、私のことしか考えられないように、あなたの身体にとことん刻みつけてあげる」

アレックスはさらに深く挿入し、腰骨ごと揺さぶるような激しい動きで攻めてくる。

てきた。

「だめ、もう、だめ、あ、あ、ぁ、あ、また……またぁ……っ」

これまで経験したことのない、最奥がどろどろに蕩けてしまうような強い愉悦が生まれてきた。

「んんっ、んぅ、あ、だめ、奥は、いやぁ、やぁ、あ、あぁ、あぁあ」

もうこれ以上感じては、死んでしまうのではないかと思うのに、ヨゼフィーヌの内壁はアレックスの肉胴をさらに誘い込むように蠕動し、強く締めける。それによって、自ずと悦楽が倍加され、感じ入ることできゅうきゅう収斂を繰り返してしまう。

「奥の、ここがいいんだね——何度でも達くといい」

身を捩って逃れようとするヨゼフィーヌの腰を引きつけ、アレックスはさらに結合を深くする。ぐぐっと先端を押し付け、そのまま捏ねるように掻き回されると、どうしようもなく気持ち悦くなってしまい、全身の感覚がその一点だけに集中してしまう。

「だめぇ、やめてぇ、もう、もう、あぁ、あ、あ、だめに……おかしく……あ、あぁあっ」

自分の腰が、彼の律動に合わせて淫らに突き出してしまう。

「だめなの、もう許して、お願い……っ」

「だめではないだろう？　あなたのここは、もっと欲しくてしかたがないって言っている」

アレックスは容赦なかった。

泣こうが喚こうが、ぬちゅぐちゅと卑猥な水音をさらに立てて、アレックスは雄々しく腰を打ち付けてくる。

「はぁ、あ、は、あぁ、すご……あぁ……ぁ、はぁあん」

「ほら、言ってごらん。悦いって。気持ち悦いって」

「……ひぁ、あ、い、悦い……あぁ、気持ち、悦い……気持ち悦くて、たまらないのぉ……」

「そうだ、いい子だ。素直なあなたが愛おしい。ヨゼフィーヌ、ヨゼフィーヌ」

部屋中に、蜜と汗と荒い呼吸が混じった甘酸っぱく淫猥な匂いが立ち込める。

もはやヨゼフィーヌは、精根尽き果て声を上げることもできず、ただひゅうひゅうと乱れた呼吸を繰り返し、アレックスの与える快楽に溺れていた。

絶頂が繰り返し上書きされ、愉悦は底なしだった。

「あぁ、あ、終わらない……あぁ、どうしよう、終わらない……ぁあ、アレックス様、アレックス様、お願い……もう、もうっ……」

意識が朦朧として、もうこの快楽地獄から解放して欲しかった。

ひときわ激しい絶頂の大波が襲ってきて、ヨゼフィーヌは拘束された身体を弓なりに反らせ、内壁をうねうねと波打たせた。腰が小刻みに痙攣する。

「ああヨゼフィーヌ、もう、私も終わるぞ」

アレックスが低く唸り、最奥に欲望を吐き出した。

「……ぁ、あ、あ……ぁあ……」

どくどくと大量の白濁液が注がれるのを感じ、ヨゼフィーヌがくりと全身を弛緩させる。

ぐったりとソファの上に身を任せて、短い呼吸を繰り返す。

「は、はぁ……は、はぁ……ぁ」

もう何も考えられない。

なのに、アレックスの肉棒を受け入れた濡れ襞だけは、まだぴくんぴくんと収縮を繰り返し、彼の欲望の最後の一滴まで搾り取ろうとしている。

動きを止め、荒い吐息をついたアレックスが、そっと腕の拘束を解いた。

「――すまぬ。酷くしてしまった」

ヨゼフィーヌは痺れた腕をぐたりと両脇に垂らした。

まだ声も出せないくらい、意識が虚ろになっていた。

アレックスの大きな手が、優しく汗ばんだ背中や腰を撫でてくる。

「でも、こんなにもあなたが乱れたのは初めてだ。私も、おかしくなりそうなほど、悦かった」

身体の線を辿る彼の手の動きに、再び甘く感じ入ってしまう。

「……ん、ん、ぁ……」

ぴくんと細い肩を震わせると、アレックスがゆっくりと覆いかぶさってくる。

彼は愛おしげにヨゼフィーヌの乱れた髪を撫で付け、耳元で色っぽい声でささやいた。

「わかったろう？　あなたは私のものだ。絶対に離さない。こうやって、あなたは気持ちの悦いことだけを甘受していればいい」

「……や……」

拒否しようとしたが、首を振る余力もなかった。

そのまま、ヨゼフィーヌの意識は暗闇の中へ落ちていってしまった。

こうして、ヨゼフィーヌとローズマリーは、皇城の奥の皇帝専用の離宮に軟禁状態にされた。

だが、幼いローズマリーにとっては、もともと狭い離れで閉じこもるように暮らして来たせいか、豪華で広い離宮に住めることが嬉しくてたまらないらしい。

その上、アレックスは政務の合間を縫っては、度々離宮にやってきて、ローズマリーの相手をしてくれる。ローズマリーと対峙(たいじ)している時のアレックスは、心から安らいだ様子で、愛情のありったけを注いでくれている。

父娘の絆は、日ごとに深まっていった。

その様子を側で見ているヨゼフィーヌは、喜びと不安がない交ぜになって、心苦しい。

夜になると、必ずアレックスは寝所を訪れ、ヨゼフィーヌを熱く抱く。

めくるめく快楽を覚えてしまってから、ヨゼフィーヌはアレックスの強引な交わりを拒みきれなかった。

彼は有無を言わさずヨゼフィーヌを快楽に落とし込み、意のままにする。

最初こそ抵抗するものの、アレックスの巧みな手指や舌の愛撫(あいぶ)に翻弄されると、たちまち熟れた肉体に淫らな火が点いて、心地よさがすべてを凌駕(りょうが)してしまう。

甘いささやきと激しい交合は、ヨゼフィーヌを酩酊させる。

心から愛しているのに、愛していないふりをするのはあまりに辛く、抱かれることで我を忘れてしまいたくなる。

なんて自分は弱い人間だろう。

いつか悲劇が訪れるかもしれないのに、いっときの幸せと愉悦から逃れられないでいた。

その一方で――。

本城の皇女専用の執務室では、机の前を、皇妹アンナニーナが行ったり来たりしていた。兄のアレックスによく似た美貌が、苛立たしげに歪んでいる。

と、こつこつと扉が叩かれた。

アンナニーナは素早く机に向かうと、書類を手にして読むふりをし、平静な声を出す。

「入りなさい」

「失礼します」

長身のクリストフが、ゆっくりと入ってきた。彼は、皇帝を護衛する騎士の常で、まるで猫のように足音を立てないで歩いてくる。

机の前まで来ると、クリストフは胸に右手を当て頭を下げた。

「ご用でしょうか、皇妹殿下」

アンナニーナは気さくに笑う。

「アンナニーナでいいと言っているでしょう。あなたと私は、兄妹のように育ったのだもの。子どもの頃は、兄上の護衛兵をしているあなたに、よく肩車をしてもらったものだわ」

「は——では、アンナニーナ様」

クリストフの耳朶が、彼の髪のように赤く染まった。彼の不器用で純情な性格は、アンナニーナを和ませる。しかし、今はそれどころではない。

「用というのは、ほかでもないわ——兄上の離宮に居座っている、母娘のことよ」

クリストフは微動だにしないで、うつむいたままだ。

アンナニーナはじりじりする。

「あの人たちは、なに？　兄上とどういう関係なの？」

クリストフは押し黙っている。

アンナニーナは少し強い口調になった。

「答えなさい、クリストフ！」

クリストフは、わずかに顔を上げた。その表情は硬い。

「お答えできません。陛下の私生活に関わることは、部下として口外できません」

アンナニーナは、かあっと顔が赤らむのを感じた。

今まで、兄同様に心やすく、アンナニーナの頼みならなんでもきいてくれていたクリストフの頑固な態度に、裏切られた気がした。

「なんですって⁉　では、私から言いましょうか？　あの女は、兄上の情婦なのでしょう？　兄上があの女に入れ込んでいるくらい、私にだってわかるわ。あの女の肉体に、兄は惑わされているのでしょう？」

クリストフが眉を顰める。

「アンナニーナ様ともあろう方が、そのような品のないお言葉を口にするものではありません」

窘められて、アンナニーナはさらに激昂してしまう。

「だって、事実だわ。今まで、女に目もくれずに政事に勤しんできた兄上が、あんなに腑抜けた態度になられるなんて、私は口惜しいの！」

クリストフがふいに、まっすぐにアンナニーナに目を向けてきた。

「アンナニーナ様。あなたもそろそろ、陛下への過剰な兄妹愛から、卒業なさるべきです。陛下はあなたの実の兄上である事実は、変えようもないのですから」

図星を突かれ、アンナニーナはますます頭に血が上る。

「ぶ、無礼な。私に意見しようというの？」

「いえ、私はただ、アンナニーナ様がこのままでは不幸になるのを、懸念しているのです」

クリストフの澄んだ眼差しが煩わしくなり、アンナニーナは顔を背け、手を振った。

「もういいわ。出ていきなさい」

「――失礼します」

クリストフは背中を向けて、扉口へ向かう。その背中が、心なしか悄然としているように見えた。

扉が閉まると、アンナニーナは大きく息を吐いた。

「不幸ですって？　兄上以上の男性が、この世にいるとは思えないだけよ」

幼い頃から、アレックスはアンナニーナの理想の男性だった。

完璧な美貌に、賢くて思い遣りがあり、しかも勇気と行動力にも優れている。

兄だからこそ、いつも身近にいることができた。

今までも、これからも――。

アンナニーナは胸がきりきり痛んだ。

「いいわ。クリストフが役に立たないのなら、他の人物に協力を頼むから」

目に溢れた涙をそっと拭い、アンナニーナはそうつぶやいた。

しばらく考え込んだ後、机の上の呼び鈴を鳴らし、秘書係の侍従を呼ぶ。

「ゴルツ貴族議会議長は、まだ城内にいるかしら?」

侍従は恭しく答えた。

「は、議員控室で、議会が終了した後の、議事録を見直されているかと思います」

「今すぐ、ここへ来るように伝えて」

「かしこまりました」

侍従が退出すると、アンナニーナは椅子の背もたれに深く身をもたせかけた。

ゴルツ貴族議会議長は、兄アレックスを筆頭とする新進派に対抗する保守派をまとめている実力者だ。父皇帝アレクサンダーの時代から、貴族議会の一端を担っていた人物である。

アレックスとは対立気味の位置にいるが、老獪(ろうかい)でなかなかの傑物だ。

あの男を味方に引き入れれば、いくら皇帝の兄と言えど、こちらの意見を無視するわけにはいかなくなるだろう。

すべては、愛する兄のためなのだ。

アンナニーナは、自分にそう言い聞かせていた。

第四章　愛を置き去りにして

ヨゼフィーヌとローズマリーが離宮に住み始めて、三ヶ月が経とうとしていた。

その日は、ヨゼフィーヌはローズマリーにお絵描きをさせながら、側で編み物をしていた。

ローズマリーは絨毯の上に腹ばいになって、石盤の上にチョークで好きな絵を描いては、ソファに座っているヨゼフィーヌに見せにくる。

「ママ、できた」

差し出された石盤を、ヨゼフィーヌは微笑みながら覗き込む。

「あら、これはアレックス様かしら？」

「うん、パパ、パパ」

ローズマリーは満面の笑みになる。

「上手に描けたわ。これを消すのはもったいないわね。新しい石盤を出してあげるから、この絵はアレックス様に見せましょう」

「はあい」

ヨゼフィーヌが立ち上がって、予備室に行こうとすると、ローズマリーが歓声を上げた。

「わあい、パパだ！」

振り返ると、執務用の礼服姿のアレックスが入ってくるところだった。

「謁見がひとつ延期になったのでね。午後の時間が空いたから、ローズマリーの顔を見にきたよ」

「パパっ」

ローズマリーが矢のような勢いで、アレックスに飛びつく。

アレックスはひょいとローズマリーを抱き上げ、その薔薇色の頬に口づけした。

「ごきげんよう、お姫様」

「くしゅぐったい」

ローズマリーがクスクス笑う。ローズマリーがチョークだらけの手で抱きついたので、アレックスの濃紺の礼服が白く汚れてしまった。

「まあ、たいへん。ローズマリー、手を拭きましょう。申し訳ありません、アレックス様。お洋服を汚してしまって」

ヨゼフィーヌが手拭きを片手に、慌てて二人に近づく。

アレックスはローズマリーを床に下ろしながら、こちらに微笑みかけた。

「かまわないよ」

彼は自分で服をはたいて、チョークの粉を落とす。

「ごめんなしゃい、パパ」

ヨゼフィーヌに手を拭かれながら、ローズマリーがしょげた声を出す。

「いいんだよ、ローズマリーはお絵描きをしていたのかな?」

ローズマリーはすぐに顔を明るくし、石盤を持ってアレックスに差し出した。

「うん、パパ、パパ、かいた」

石盤を受け取ったアレックスは、大げさに感心した声を出す。

「おおこれは、そっくりだな。すごいなローズマリーは、絵の才能があるぞ」

褒められたローズマリーは、顔を真っ赤にして照れる。

ヨゼフィーヌはアレックスに近づき、そっと彼の顔に手拭きを当てた。

「アレックス様、お鼻の下にもチョークの粉が」

「おお」

ヨゼフィーヌがチョークの粉を拭き取っていると、それを見てローズマリーがきゃっきやっと笑う。

「パパ、おじいしゃん、おじいしゃんに、なったぁ」

「めっ、ローズマリー」

ヨゼフィーヌが軽く睨むが、笑い上戸のローズマリーは転げ回って笑い続けた。

「ふふ、なんともあどけなくて、可愛らしいな」

アレックスもつられてニコニコする。

「ほら、ローズマリー、アレックス様にお茶を出すよう、アンナに言ってらっしゃい」

「はあい」

ヨゼフィーヌに言われ、ローズマリーはとことこと部屋を出ていった。

娘の姿が見えなくなると、ふいにアレックスは表情を引き締めた。彼は石盤をまじまじ見て、そっとヨゼフィーヌに耳打ちしてくる。

「ヨゼフィーヌ。ローズマリーの気持ちを思って、いちおう褒めておいたが、このじゃがいもに手足が生えたみたいな物体が、ほんとうに私なのか?」

その表情が、あまりに真剣なので、ヨゼフィーヌは思わず吹き出してしまった。

「アレックス様、幼児は人間を描く時には、初めはみんな、顔に手足を描くそうです。だんだん、ものの捉え方が的確になって、首や胴体を描くようになるようですよ」

アレックスがほっとしたように表情を緩めた。

「そうなのか。そう言われれば、どことなく私の特徴を捉えているようだな、やはり、才能があるのだな」

一人で納得してうなずいているアレックスは、親馬鹿そのもので、ヨゼフィーヌはしみじみ嬉しく、さらに笑みが深くなってしまう。

ローズマリーに手を引かれてアンナが入ってくると、アレックスはさっと老女に歩み寄り、彼女に手を貸した。そしてソファに導く。

「アンナ、神経痛がひどいと聞いたよ。いい、座っていなさい。お茶の用意くらい私がする」

アンナが心打たれた表情になり、目を丸くする。

「いいえ、陛下にそんなこと――」

ヨゼフィーヌが取りなそうと声をかける。

「では、わたしが準備します」

すると、アレックスはいいというように手を振った。

「いや、私がしたいのだ。あの離れにいた頃は、私がなんでも自分でやっていたろう？

ここにいる時には、皇帝であることを忘れたい。ローズマリー、私と一緒にお茶の用意をしてくれるかな？　お前にお手伝いをしてほしいのだよ。そうだな、ビスケットをお皿に並べてもらおうかな」

「はぁい、しゅる」

ローズマリーが大声で返事をし、父娘は手を取り合って、奥の台所へ姿を消した。すぐに台所の方から、楽しげに話す二人の弾んだ声が響いてくる。

アンナはそっと涙ぐんだ。

「ああ奥様、こうしていると、シュッツガルにいた頃を思い出します。陛下はなんてよい夫であり父であられることでしょう。奥様もローズマリー様も、幸せでございますよ」

ヨゼフィーヌは、年のせいか涙もろくなったアンナの背中を優しく摩（さす）った。

「ええ……そうね、そうね……」

確かに、ひととき、ヨゼフィーヌは満ち足りた幸せを感じていた。

この瞬間が、いつまでも続くようにと心の底から祈らずにはいられない。

お茶の時間を楽しんだ後、アレックスはヨゼフィーヌとローズマリーを、離宮の内庭の散歩に誘った。

離宮の外には出ることを禁じられていたが、内庭での行動は許されていた。

ローズマリーを真ん中に挟み、彼女の両手をヨゼフィーヌとアレックスで握り、うららかな日差しの中、三人はそぞろ歩く。

途中、陥没した地面や水たまりを見つけると、ローズマリーは左右の二人を見上げては、はしゃいだ声を出す。

「ぴょーん、ぴょーん、よ」

アレックスはヨゼフィーヌに、目で合図して、声がけする。

「よおし、跳ぶぞ、いち、にい、さん、ぴょーん」

二人で同時にローズマリーの腕を持ち上げ、障害物を飛び越えさせる。

軽々持ち上げられたローズマリーは、嬉しくてたまらないといった表情で、宙に浮いた両足をばたばたさせ、きゃーきゃー歓声を上げた。

「今日は、もう少し奥まで行こうか」

アレックスにそう言われ、いつもは出向かない内庭のさらに先の奥庭まで歩いた。

「ほら、ヨゼフィーヌ、見てごらん」

アレックスが前方を指差す。そこには、小さな温室がひっそりと佇んでいた。

「あんなところに温室が？」

「そう、私だけが入れる、隠れ家といったところだな」

アレックスはローズマリーの手を離すと、先に立って温室の扉を開けた。彼は優美に一礼する。生まれながらの皇族であるアレックスのそういう仕草は、ごく自然で気品に溢れていた。

「さあ、どうぞ。私の秘密の花園へ」

ローズマリーが真っ先に温室に飛び込んだ。

「おはな、おはな、いっぱい！」

温室の中に、ローズマリーの明るい声が弾ける。

ヨゼフィーヌも後から踏み入れた。

「まあ、なんて見事な……」

明るい温室の中には、色とりどりの花が美しく咲き乱れていた。

特に、薔薇は、一重から八重まであらゆる種類の花が植えられてある。

「素晴らしいわ、とても手入れが行き届いて」

アレックスは誇らしげに言う。

「ここは、私の母が愛した場所なんだ。母は、あなたと同じように、花を育てるのがとても上手な人だった。現役の皇妃の時も、時間を見てはここで花の手入れをしていたよ」

「皇太后様が……」

ヨゼフィーヌは、前皇帝と皇妃を危険に晒した父バルト宰相のことを思い出し、一瞬ずきりと胸が痛んだ。慌てて気を取り直し、ヨゼフィーヌは、しゃがみこんで白い薔薇の花に顔を寄せる。

「白い薔薇は、アルバローズ」

馥郁(ふくいく)たる香りを吸い込むと、自然とその言葉が唇から漏れた。

「ピンクの薔薇は、ローズマリー」

アレックスが隣に跪き、つぶやく。

彼の大きな手が、そっとヨゼフィーヌの手を握ってくる。

その温かい感触だけで、心臓が早鐘を打ち始める。

「この温室を、あなたにあげよう。好きな時に、好きなように使えるよう、クリストフに言っておくよ」

ヨゼフィーヌは感謝の気持ちでいっぱいになった。

ずっと部屋に籠りっぱなしの生活で気が塞ぐ時もあったが、大好きな花の手入れができるなら、どんなに気持ちがまぎれるだろう。

「ありがとうございます、アレックス様。嬉しい」

「うん」

アレックスがそっと顔を寄せてきて、素早くヨゼフィーヌに口づけした。

「ん……」

優しく撫でるような口づけに、気持ちが甘く安らぐ。口づけの合間に、アレックスが優しい声で言う。

「明後日(あさって)は、ローズマリーの三歳の誕生日だね」

「はい。ローズマリーの大好きな、干し杏(あんず)の入りのケーキを焼こうと思います」

「ささやかだけれど、三人だけでお祝いしよう。ローズマリーももちろんだが、あなたにも贈り物があるよ」

「あら、なにかしら」

「ふふ、その日までのお楽しみだ」

何度も啄むだけの口づけを繰り返した後、アレックスの片手がヨゼフィーヌの後頭部を抱え、さらに深いものになろうとした。

「パパッ、パパッ、みかん、とって、とって」

ふいにローズマリーが、背後からアレックスの背中に飛びついた。

「お」

アレックスは目を丸くし、慌てて唇を離す。そして、くすりと笑みを漏らし、小声でささやく。

「残念。続きは、夜だ。待っておいで」

艶めいた言い方に、ヨゼフィーヌの頬にさっと血が上った。

アレックスは素早く立ち上がり、ローズマリーを抱き上げて肩車する。

「オレンジが生っていたか。どれどれ」

「あっち、あっち」

二人は向こうの方へ歩き去る。

ヨゼフィーヌは熱くなった頬を両手で撫でながら、乱れた呼吸を整えようとした。

もしかしたら、このまま何事もなく幸せな時間だけが流れていくのではないか、と思えた。


その日の午後、本城にある皇女アンナニーナの執務室を、ゴルツ貴族議会議長が密かに訪れていた。

ゴルツ貴族議会議長は齢六十、髪に白いものが混じってはいるが、がっちりした体格で眼光は鋭い。見るからに、一筋縄ではいかない雰囲気だ。

「ゴルツ貴族議会議長、お忙しいのに、わざわざすまないわね」

アンナニーナの言葉に、ゴルツ貴族議会議長はわずかに頭を下げる。

「いえ――他ならぬ皇妹殿下のご相談ですからね、何をおいても優先いたしますよ」

アンナは机に身を乗り出すようにして、たずねた。

「で、私が頼んでいた、あの女のことはわかったのかしら？」

ゴルツ貴族議会議長の目が、ずる賢そうに眇められる。

「そのことで、皇妹殿下。失礼ですが、お耳を拝借してよろしいですか？」

「よろしい、許可します」

「では――」

机に近づいたゴルツ貴族議会議長は、身を屈めてアンナニーナの耳元にひそひそと話しかけた。

「っ――？」

聞いているうちに、みるみるアンナニーナの顔から血の気が引いていく。

打ち明け話を終えたゴルツ貴族議会議長が、おもむろに後ろに下がった。

「そんな――そんな、恐ろしいこと――！」

アンナニーナの両手がぶるぶる震えた。

彼女は気持ちを落ち着けようと、何度か深呼吸をし、ゴルツ貴族議会議長に厳しい声で言った。

「わかったわ、ゴルツ貴族議会議長。この件は、私が処理します。口外無用。私とあなただけの胸に収めておいてください」

ゴルツ貴族議会議長は、馬鹿丁寧に頭を下げる。

「御意」

しかし、彼の細い目には何か謀んでいるような色が浮かんでいた。

翌日。

ローズマリーは、内庭のベンチに座って熱心にパズルに取り組んでいた。

母のヨゼフィーヌは、奥庭の温室に花の手入れに行っており、邪魔をしないように一人でここで待っているのだ。

五個のピースを組み合わせて、動物の絵を作るパズルは、アレックスからのプレゼントだ。何種類もあって、台紙にうまく嵌め込めるとライオンや馬や犬の姿が出来上がる。

「んーと、んーと、これは、ここ、かな？」

独り言を言いながら、しきりに頭をひねっていると、ふいに知らない女の人の声が聞こえてきた。

「こんにちは、お嬢ちゃん。何をしているの？」

ぱっと顔を上げると、目の前にすらりとした淑女が立っている。

父アレックスによく似た金髪と青い目で、母に負けないくらいとても美しい人だ。優しそうに微笑んでいる。

物怖じしないローズマリーは、笑い返して答えた。

「んとね、ぱじゅる、なの。むじゅかしいの」

その女性は近づいて来ると、ローズマリーをまじまじと見下ろした。

そして、手入れの行き届いた白い手を伸ばすと、ローズマリーの手からピースを取り上げ、台紙に嵌め込んだ。

「ほら、ここよ」

ローズマリーはぱっと表情を明るくする。最後に残っていた一ピースを、自分で嵌め込む。

「あ、できたぁ、くましゃんだあ！」

嬉しくて、親切なその女性を満面の笑みで見上げた。

「ありがと、おねえしゃん！」

その女性は、そっと自分の横に腰を下ろしてきた。

「お嬢ちゃん、お名前は？」

「ローズマリー」

「まあ、よいお名前ね。ママは？」

「ママは、ヨゼフィーヌ」

その女性は、わずかに躊躇（ためら）った後、少し声を落として聞いてくる。

「パパは？」

ローズマリーは自慢げに胸を張った。

「パパはアレックス、パパはね、おうさま、なんだよ」

ふいにその女性が黙りこくる。

ローズマリーは心配して声をかけた。

「おねえしゃん、ぽんぽん、いたい？」

小さな手を伸ばし、その女性のお腹あたりをさする。

「いたくない、いたくない。おまじない、よ」

女性はハッとして、目を瞬いた。

「ありがとう。ローズマリーちゃんは優しい子ね。もう、痛くないわ」

ローズマリーは自分のおまじないが効いたと思い、嬉しくなる。

「ママのおまじない、すごいんだよ」

女性は複雑な表情になった。彼女はなにか迷っているふうだったが、ふいに怖い顔になった。

「ねえ、知ってる？　あなたのママは、悪い人だって」

ローズマリーは相手の言っている意味がよくわからず、目をぱちぱちさせた。

女性は綺麗な顔を寄せて、ローズマリーの目を見つめてささやく。

「あなたのママ、反逆者の娘よ」

「はん、ぎゃく、しゃ？」

知らない言葉だが、悪い意味だとは感じられる。

女性はうなずいた。

「そうよ、ママに伝えてね。あなたの悪巧みは、全部知っているって。とっとと、この城から出ていくがいいわ」

「――」

ローズマリーは腹の底から怯えた。

今まで、誰かから悪意というものを寄せられたことがなかったローズマリーは、この綺麗な女性が、絵本に出てくる魔女のように恐ろしいものに思えてきた。

「ママ、ママ、わるく、ないもん」

鼻の奥がツーンとして、涙が溢れてくる。

ぽろぽろと大粒の涙が薔薇色の頬を伝う。

ローズマリーが泣き出すと、その女性はわずかにひるんだ。

彼女はそそくさと立ち上がった。

「小さなあなたを泣かせるつもりはなかったけれど――あなたのママが、悪人だってことには変わりはないわ」

そのまま立ち去ろうとして、ふとその女性は振り返り、スカートのポケットからハンカチを取り出し、ローズマリーの顔を拭いてくれる。

「――ごめんなさいね」

小声でつぶやくと、女性は背中を向けて内庭を後にした。

ローズマリーはしばらくしくしく泣いていた。

大好きなママが悪く言われたことが、悲しくて悔しくてならない。

「まあ、ローズマリー、どうしたの？　なんで泣いているの？」

ふわりと甘い花の香りとともに、ヨゼフィーヌの気遣わしげな声が聞こえた。

ローズマリーは、ハッと顔を上げる。

直後、柔らかくヨゼフィーヌに抱きしめられた。

「ごめんね、ほうっておいて。ちょっとだけお花をいじるつもりだったのに。寂しくて、泣いてしまったの？」

ふくよかなヨゼフィーヌの胸に顔を埋めると、みるみる悲しみが薄れていくような気がした。

でも、先ほどの綺麗な魔女のことは、母に告げないといけないと思う。

「あのね、あのね、まじょ、きたの」

「魔女？」

「ママのこと、はんぎゃくちゃ、だって、いったの。ママ、わるいひと、だって。でていけって――」

「!?」

刹那、自分を抱いているヨゼフィーヌの手が、びくりと震えた気がした。

ヨゼフィーヌの顔色が変わっている。

「ママ？」

言ってはいけなかったろうか。

おそるおそるヨゼフィーヌを見上げると、彼女は瞬時に笑顔になった。

「まあローズマリーったら、魔女なんか、このお城にいるはずないでしょう？　きっと、うとうとして、怖い夢を見たのだわ」

「そ、そうか、な？」

そう言われると、そんな気もしてくる。

「そうよ。さあもうお部屋に戻りましょう。手を洗って、おやつにしましょう」

おやつと聞くと、とたんに元気が出る。

「はあい」

ぴょんと、ベンチから飛び下りた。

「あ、パズルは片付けましょうね」

「はあい」

慌てて、ベンチの上に散らばったパズルと台紙を掻き集めた。

きちんと出来上がった熊のパズルを見た途端、綺麗な白い手でパズルのピースを嵌めてくれた女性のことを、ちらりと思い出す。

でも、きっとママの言うとおり夢だったんだ。

アンナニーナは離宮を出て、本城へ向かう回廊を足早に歩いていた。

まだ心臓がばくばくしている。

ゴルツ貴族議会議長から、どうやら離宮にいる女は、かつて両親と兄に反逆を謀った、バルト前宰相の娘らしいと教えられた。

衝撃を受けた。

反逆事件の当時は、まだアンナニーナは生まれてもいなかった。

両親も兄も、当時のことをアンナニーナに語ろうとはしなかった。おそらく、アンナニーナの気持ちを傷つけまいと慮ったのだろう。

でも、成長するにつれ、周囲の侍従たちや臣下たちから漏れ聞く話や、自ら国立図書館で過去の記録などを読んで、事件の概要は知っていた。

両親も兄も、命の瀬戸際まで追い詰められたのだ。

そんな大事件を起こした男の娘が、なぜ、のうのうと兄の愛人として城の奥に暮らしているのだろう。あまつさえ、子どもまでいるという。きっと、よそで作った子どもを、兄の子どもだと偽って、兄の優しい気持ちに付け入ったに違いない。悪党の娘は、所詮悪党なのだ。

おそらく、アレックスは女の正体を知らないのだろう。

（許せないわ。私の兄上を騙しているのだ、その女は。もしかしたら、父親の意志を継いで、この皇帝家に再び反逆を起こそうとたくらんでいるのかもしれない）

最初はアレックスに真実を告げようと思ったが、繊細な兄のことだ、どれほどショックを受けるだろうと思うと、憚られた。

それより、女の方を城から追い出せばいい。

アンナニーナは意を決して、離宮に忍び込んだ。

内庭を歩いていると、ベンチに座っている幼女がいた。

あの子が、その女の子どもだろう。

近づいていくが、幼女は膝の上のパズルに夢中でこちらに気がつかない。

そばまで来て、アンナニーナはどきんと心臓が跳ね上がった。

ふわふわした金髪、整った白い顔、薔薇色の頬、ぱっちりした青い目、さくらんぼのような赤い唇。

アンナニーナが幼い時、兄のアレックスはいつでも優しく面倒をみてくれて、一緒に遊んでくれた。その頃の兄に、幼女はそっくりだった。

「――」

アンナニーナは呆然と立ち尽くす。

きっと、この幼女は兄の子どもなのだ。自分にも姪にあたる血の繋がった娘なのだ。

アンナニーナは胸がずきずき痛んだが、思い切って幼女に声をかけた。

ローズマリーと名乗ったその子は、人見知りせずに、花のような笑顔で話しかけてくる。

まるで天使みたいで、なんと可愛らしいのだろう。

でも、この子の母親は許せない。

心を鬼にして、ローズマリーに酷い言葉を投げかけた。

かわいそうに、ローズマリーは泣き出してしまった。

アンナニーナの胸が掻き乱される。まるで、アンナニーナの方が悪人のような気持ちになる。いたたまれず、その場を後にしたのだ。

本城への回廊を急いでいると、途中で憂い顔をしたクリストフに出会った。

「アンナニーナ様、もしや離宮へ御用でしたか？」

アンナニーナはなぜか後ろめたくなり、目を逸らす。

「い、いいえ、ちょっと散歩をしていただけよ」

顔を背けたまま、クリストフの横を通り過ぎた。

「アンナニーナ様――」

クリストフが気遣わしげな声で呼びかけたが、アンナニーナは無視して歩き去る。背中に、痛いほどのクリストフの視線を感じ、心がひどく乱れた。

自分の執務室へ戻り、机に手をついて息を整える。

「私は間違っていない――すべては、愛する兄上のためなのだから」

アンナニーナは声に出して、自分の気持ちを奮い立たせようとした。

と、扉がノックされた。

「皇妹殿下、ゴルツでございます」

腹に響くような低い声。

「ああ――ゴルツ貴族議会議長、お入りなさい」

「失礼いたします」

堂々とした足取りで、ゴルツ貴族議会議長が入ってきた。

彼は青ざめたアンナニーナの様子に、目を眇める。

「皇妹殿下、あの女にお会いになられたのですか？」

「ええ――娘の方に。母親の悪巧みは露見しているので、出ていくように伝えるよう、言ったわ」

ゴルツ貴族議会議長がにっと笑う。

「それでよろしいのです。よく勇気を出されました。それでこそ、誇り高きロマーニ家の皇妹殿下でございます」

そう力づけるように言われて、アンナニーナは少しだけ、良心の呵責が軽くなるような気がした。

けれど、大粒の涙をぽろぽろ零して泣いていた、ローズマリーのいたいけな姿は、頭の中から消えることはなかった。

ローズマリーの三歳の誕生日、当日になった。

ヨゼフィーヌは干し杏入りのバターケーキを焼き、小さなチキンをグリルし、ささやかなご馳走をこしらえた。

食堂のテーブルを、温室から切ってきたピンク色の薔薇で飾り、アンナがぴかぴかに磨いてくれた銀の食器を並べる。

「いいにおい、いいにおい」

ローズマリーがうきうきした顔で、テーブルの上のご馳走を眺めている。

今日は特別な日なので、いつもは梳き流してリボンで飾っているローズマリーの髪を、淑女みたいに結い上げてやった。それがとても嬉しいらしく、ローズマリーは何度も居間に行っては、全身が映る姿見の前で、気取ったポーズを取っている。

そんなローズマリーの様子が微笑ましく愛おしく、ヨゼフィーヌは感極まって涙が出そうになる。

そこへ、公務を早めに切り上げてきたらしいアレックスが、足早に入ってきた。

「待たせたな」

彼は長い青いマントをひらめかせ、騎士風の礼装を着ていた。腰に金の鞘のサーベルを下げ、胸には幾つもの勲章が下がっている。

その颯爽とした姿に、ヨゼフィーヌもローズマリーもうっとり見惚れてしまう。

「パパ、しゅてき」

ローズマリーが照れたように近づいていく。

すると、アレックスは跪いて、ローズマリーの頭を優しく撫でた。

「ありがとう。今日はローズマリーの大事な日だから、私も正装で来たのだよ。でも、ローズマリーの方がもっと素敵だ。どこの国のお姫様もかなわないほど、美人さんだね」

褒められて、ローズマリーの顔がぽっと赤くなる。

「アレックス様、晩餐のご用意ができましたよ」

ヨゼフィーヌが声をかけると、アレックスは微笑んで、ゆっくり立ち上がると恭しくローズマリーに一礼する。そして、すっと左手を差し出した。

「では、姫、この私に、エスコートさせてください」

ローズマリーは少し緊張気味に、小さな右手をアレックスの手の上に預けた。

アレックスはわずかに身を屈め、優美な動きでローズマリーを食堂へ導く。

ローズマリーが生真面目な顔をして、精いっぱい大人びたふりをして歩いているのが、ほんとうに可愛らしくいじらしい。

アレックスは、子ども用の脚の高い椅子にローズマリーを座らせる。

ヨゼフィーヌはアレックスの後ろに回って、マントを脱ぐのを手伝った。

「ありがとうございます。アレックス様にエスコートされるなんて、なんて素敵なサプライズでしょう」

「ふふ、あんなにしゃちこばって——可愛いね。でも、未来のお姫様の素質は十分じゃないか。これからの成長が、ほんとうに楽しみだ」

アレックスが嬉しげに答える。

ヨゼフィーヌは「未来」という言葉が、鋭く胸に突き刺さるのを感じた。でも、表情はあくまでにこやかになるよう努める。

「さあ、ではお食事を始めましょう」

ローズマリーを挟むようにして、アレックスとヨゼフィーヌも席についた。

アレックスは、白ワインの入った自分のグラスを手にした。ヨゼフィーヌとローズマリは、果汁のグラスを持つ。

「では、ローズマリー、三歳のお誕生日、おめでとう！」

「おめでとう。ローズマリー」

「ありがと、ごじゃいましゅ」

三人はグラスを軽く合わせ、乾杯をした。

ヨゼフィーヌの心づくしのご馳走に舌鼓みを打ち、ケーキを切り分けて食べた。

最後のコーヒーを飲み干したアレックスは、ナプキンを畳むと、おもむろに椅子から立ち上がる。

「では、ローズマリーに誕生日の贈り物をしようね」

「うん」

「じゃあ、ママと二人で目を閉じて、待っていて。私がいいと言うまで、開けちゃだめだぞ」

「はあい」

「わたしも、ですか？」

「うん、二人でね」

ローズマリーとヨゼフィーヌは、顔を見合わせてクスクス笑い、そっと目を閉じた。

ほどなく、アレックスが戻ってくる足音がした。彼は最初にローズマリーの方に行くと、戻ってきて、ささやく。

「ヨゼフィーヌ、左手を出して」

「え？　こ、こうですか？」

言われるまま左手を差し出すと、その手をアレックスが取る。指になにかひやりと冷たいものが触れる気がした。

「では、二人とも目を開けてごらん」

アレックスの声に、ヨゼフィーヌは目を開ける。

ローズマリーが、きゃあっと悲鳴のような歓声を上げた。

「わんわん、わんわん、だあ！」

ローズマリーの膝の上には、赤いリボンを首に巻いたふわふわした真っ白な子犬が乗せられていた。子犬は千切れんばかりに尻尾を振り、ローズマリの手をぺろぺろ舐め回す。

「くしゅぐったいー」

ローズマリーが子犬を抱き上げると、今度は顔じゅうを舐められて、さらに歓声が大きくなる。

「前から犬が飼いたいと言っていたろう。その犬はマルチーズといってね、小さいけれどとてもお利口な犬だよ。きちんと、ローズマリーが世話をするのだよ」

「うん、うん、パパ、ありがと、ありがとお、うれしい」

ローズマリーは子犬を抱いたまま、椅子から飛び下りた。

「ママ、アンナにわんわん、みせてくる、いい？」

「いいわよ、お部屋にいると思うから、行ってらっしゃい」

ローズマリーが子犬を抱きかかえ、食堂を飛び出していく。

その後ろ姿を見送ったアレックスは、ゆっくりとヨゼフィーヌを振り返った。

「さて、あなたへのプレゼントは、気に入ってもらえたかな？」

「あ」

ふっと自分の左手を見ると、薬指に大粒のダイヤモンドの指輪が嵌（はま）っていた。

「これ――!?」

目を見開いて、指輪を見つめていると、立ち上がったアレックスが、テーブルを回り込みヨゼフィーヌの傍に来た。

彼はそのまま跪く。

そして、大事そうにヨゼフィーヌの左手を取り、その甲に口づけした。長いこと口づけし、彼は顔を上げて、まっすぐヨゼフィーヌを見つめた。

「愛している、ヨゼフィーヌ。結婚しよう」

「っ――」

息が止まりそうになった。

答えられないでいると、アレックスが安心させるように言う。

「あなたは身分の違いを気にしているのだろうが、大丈夫、そんなもの私の愛には関係ない。でも、あなたや周囲の者たちが拘（こだわ）るというのなら、どこかで廃爵のままになっている爵位を、あなたに授けて体裁を整えることもできる。無論、正妃として迎える。ローズマリーは皇女になる。二人とも、必ず私が守り、幸せにすると誓う」

「アレックス様……」

ヨゼフィーヌの目に、嬉し涙が浮かんできた。

こんなにもまっすぐに真剣に愛されて、自分はなんて幸せなんだろう。

でも——。

「受けてくれるね？」

ヨゼフィーヌが無言でいるので、アレックスが少し気遣わしげな表情になる。

ヨゼフィーヌは答えに迷う。

アレックスを傷つけまいと、慎重に言葉を選んだ。

「とてもありがたいことです。わたしばかりではなく、ローズマリーのことも考えてくださって。こんな幸せな気持ちになったのは、生まれて初めてです。でも、私の一存では決められません——あの、明日の朝、ローズマリーと二人きりで相談してもよいでしょうか？　小さいとはいえ、ローズマリーは自分の気持ちというものを、きちんと口にできる子ですから」

アレックスは納得したようにうなずいた。

「うん、そうだね——あなたたち、母娘の一生の問題だからね。でも——」

彼はおもむろに立ち上がると、ヨゼフィーヌの手を握ったまま唇にそっと自分の唇を重ねてきた。

ちゅっと音を立てて短い口づけをしたアレックスは、照れたように笑う。

「きっとローズマリーは、私たちの結婚を心から喜んでくれると思う。私には、自信があるんだ」

ヨゼフィーヌはその恥じらいを含んだ笑顔に、胸がきゅんと甘く締め付けられる。

彼に抱きつき、何度も口づけを返し、愛している、あなた以外に結婚する人は考えられない、と大声で叫びたかった。

あと数秒したら、理性は激情に押し流されたろう。

「ママ、アンナに、わんわんみせてきたー」

ぱたぱたと軽い足音とともに、ローズマリーが食堂に飛び込んできた。

ヨゼフィーヌは危うく、喉元まで出かかった言葉を飲み呑んだ。

アレックスはぱっと振り返り、子犬を抱いているローズマリーごと、軽々と抱き上げる。

「そうだ、子犬に名前をつけてあげないとね。いい名前はあるかな？」

「んーと、んーと」

ローズマリーは首を傾ける。アレックスが助け舟を出す。

「ローズマリーの一番好きなものは、なにかな？」

「ママ」

即座に答えが返ってくる。

「子犬にママ、は似合わないね。では、二番目に好きなものは？」

「パパ」

瞬時にローズマリーが返し、アレックスは満面の笑みになった。

「パパか。でも、この子犬は女の子だからね」

ローズマリーはまた首をひねり、ぱっと顔を輝かせる。

「んとね、プルーン！　ローズマリー、あんじゅ、しゅき、だもん」

アレックスは大きくうなずいた。

「うんうん、いい名前だね、プルーン。よし、じゃあお前は今日からプルーンだ」

「プルーン、プルーン」

子犬は嬉しげにきゃんきゃん鳴く。

そんな二人の仲睦まじい様子に、ヨゼフィーヌは込み上げてくる涙を抑えるのが精いっぱいだった。

その晩、入浴を済ましたローズマリーを寝かしつけて、ヨゼフィーヌが居間に戻って来ると、アレックスは膝の上に子犬のプルーンを乗せて、あやしていた。

礼装を脱いで、今はシャツとトラウザーズ姿で子犬と戯れているアレックスの様子は、ローズマリーと仕草もそっくりで、ドキリとするほどだ。

アレックスはヨゼフィーヌの視線に気がつき、顔を振り向ける。

「ローズマリーはもう寝たか？」

「はい、ぐっすりです」

「そうか」

アレックスはプルーンを居間の隅の、犬用のクッションの上に下ろすと、ヨゼフィーヌに手を差し伸べる。

「実はね、あなたにもうひとつ贈り物があるのだよ」

「え？」

手を引かれ、ヨゼフィーヌは居間から廊下に導かれる。

廊下の奥の扉の向こうは、侍女たち専用の部屋がある。

廊下の手前側は、客間になっている。アレックスは客間の扉を開き、ヨゼフィーヌを先に通した。

「さあ」

客間に入ると、すっかり模様替えされていた。

部屋を仕切る壁が取り払われ、広い一部屋になっていた。新しいソファやテーブルが置かれ、そして奥には天蓋付きの大きなベッドが設えてあった。

「私たちの、寝室に替えたんだよ」

「まあ、いつの間に……」

「あなたがローズマリーと内庭に出ている間隙を縫って、侍従たちに命じて、最速で模様替えさせたんだ」

アレックスはベッドまでヨゼフィーヌを連れてくると、目の縁をわずかに赤く染め、軽く咳払(せきばら)いした。

「正式に結婚したら、きちんとした夫婦の寝室を増設させようと思う。それまでは、ここで愛をはぐくもう」

「アレックス様……」

ヨゼフィーヌは声を詰まらせる。

身も心も愛されている喜びに、身体の芯が熱くなってくる。

「ヨゼフィーヌ、愛している」

アレックスが強く抱きしめてきた。

「わたし……」

愛していると告げたい。

アレックスの広い胸に抱かれて、彼の少し速い鼓動を感じていると、なにもかも彼に預けて、ただ愛に溺れていたいと願ってしまう。

けれど、それはできない。

ヨゼフィーヌは愛おしげにアレックスの胸に顔を押し付け、くぐもった声でささやく。

「抱いて……抱いてください」

「ヨゼフィーヌ」

アレックスが、感極まったような声を出し、性急に唇を塞いだ。

「んっ……」

有無を言わさず侵入してきたアレックスの舌が、口腔内を掻き回してくる。

「んんぅ、ん、ふぅ……ん」

おずおずとヨゼフィーヌの方からも舌を差し出し、遠慮がちにアレックスの舌をまさぐった。

すると、彼の舌は勢いづいて強く絡みつき、ぬるぬると擦り合わせてくる。

「あふ、あ、ん、は……ぁ」

激しく官能的な口づけの刺激に、たちまちヨゼフィーヌの身体に淫らな火が点る。

「んん――ヨゼフィーヌ、ヨゼフィーヌ」

溢れる唾液を啜り、繰り返し舌を吸い上げながら、アレックスはヨゼフィーヌを抱きかかえたまま、背後のベッドに倒れこんだ。

「は、ふぁ、んんぅ、あふぅ……」

アレックスの上に馬乗りになる体勢で、深い口づけを繰り返しながら、ヨゼフィーヌはいつもよりも気持ちが昂ぶってくるのを感じた。

唾液の銀の糸を引いて唇を離し、ちゅっちゅっと音を立ててアレックスの顎から首筋を辿って、口づけの雨を降らせていく。

アレックスの肌に口づけを繰り返しながら、両手で彼のシャツのボタンを外していく。

襟元が開き、厚い胸板が剝き出しになると、そこにも口づけを落とした。

「ヨゼフィーヌ――今夜のあなたは、ひどく積極的だね」

アレックスが戸惑いながらも悦びの滲んだ声を出す。

ヨゼフィーヌは潤んだ艶めかしい視線をアレックスに送り、密やかな声で答える。

「積極的なわたしは、お嫌ですか？」

アレックスも、熱の籠った眼差しを送り返してくる。

「いや――なんだか新鮮で、とてもそそるな」

アレックスが半身をわずかに起こし、ヨゼフィーヌの顔に触れてきた。大きな手が愛おしげに頬を撫で、長い指が唇をそっと辿る。

その指がヨゼフィーヌの唇を割り、中へ押し込まれてきた。

「んっ……」

節くれだった彼の指が、口内をぐるりと掻き回した。

「んんんっ……」

長い指が喉奥まで侵入してきて、息が詰まりそうになる。

彼はゆっくりと指を前後に動かす。性的な暗示を彷彿させるいやらしい指の動きに、背中がぞくりと震えた。

「──ヨゼフィーヌ、指を舐めて」

そろそろと舌先でアレックスの指を舐める。舌先がひどく敏感になって、ざらりとした指紋の形までわかるような気がした。

「そう、指に舌を這わせて、舐めるんだ」

「ん、んん……」

言われるまま舌をうごめかしたが、なんだかとても背徳的な行為をしているようで、身体の芯がじわりと熱くなった。

アレックスがぐぐっと指の根元まで押し込んできて、えずきそうになるのを堪え、舌を這わす。口の端から、嚥下し損ねた唾液が溢れ出て、顎の下まで滴った。

とても淫猥な行為を教えられていると本能が告げ、媚肉が疼いて甘酸っぱい蜜が滲んでくるのがわかる。

「は、ふ……ぅん」

苦しげに顔を歪めてアレックスを見つめると、彼が深いため息をつく。

「ああなんていやらしい顔をするんだ。とても妖艶なのに、あなたにはそこはかとなく少女の恥じらいが残っていて、男をそそる表情だね」

アレックスの声に情欲が滲む。

彼がぬるりと指を引き抜き、わずかに身を引いてトラウザーズの前を緩める。

すでに猛々しく屹立した剛直が引き摺り出され、ヨゼフィーヌは目を見張った。

アレックスが欲望の根元を手で支えながら、掠れた声で言う。

「これを、舐めてくれるか?」

「っ——」

そんなはしたない行為、できるわけがない、と一瞬身が竦む。

アレックスがかすかに目元を赤く染める。

「今夜のあなたは、積極的なんだろう?」

「そ、それはそう、ですが……」

口ごもりつつも、太く硬くそそり勃つ男根を見ていると、淫らな欲望がヨゼフィーヌを煽ってきた。

笠の張った先端の割れ目は透明の先走りの雫を溜め、濃厚な雄の香りがむうっと鼻腔を満たしてくる。今までこんなにまじまじと、アレックスの欲望を見たことはなかったかもしれない。

こんなにも長大で禍々しいものが、自分の身の内に受け入れられるなんて、数えきれないくらい身体を重ねているのに、まだ信じられない。

「さっき、指を舐めたようにするんだよ——さあ」

促され、おずおずと身を屈めた。

アレックスが、自分の淫部を濃密に舐めてきた感覚が蘇り、下腹部の奥がじくじく疼き、息が乱れた。

「ん……」

両手でおずおずとアレックスの欲望を包む。

「あ、熱い……」

太い血管が浮いた肉棒は、手の中でびくびくと別の生き物のように跳ねる。

そろそろと舌先を亀頭の先端に伸ばし、ちろりと舐めてみる。

「ん……」

先走りのわずかな塩味が、舌を刺激する。

どうしていいかわからず、その姿勢のまま救いを求めるみたいにアレックスを見上げると、彼が艶めいた表情になる。

「そのまま、茎の部分を舐め回して」

「は、はい……んん、ん……」

言われたまま、舌の腹を押し付けるようにして、太い脈動をゆっくりと舐め下ろし、舐め上げていく。

「そう、いいよ、続けて」

頭上からため息交じりの声が降ってくる。

「は……ふ、んん、んんん」

肉幹に沿って、ゆっくりと繰り返し舐め上げ舐め下ろした。

上目遣いにアレックスを窺うと、端整な顔だちの彼がかすかに眉を顰めて、息を乱している。そんな色っぽい顔に、思わず見惚れながら、次第に行為に耽溺(たんでき)していく。

「次は、裏側の筋に沿って舐めてみて」

「んん、ん、は、んんぅ」

言われるまま、ちろちろと裏筋を舐め上げると、ぴくぴく肉棒の先端が震える。

「ん……」

思い切って、亀頭の括れに沿ってぐるりと舌を這わし、そろそろと先端の割れ目をなぞってみると、びくんと手の中で肉胴が震えた。

「そう、いいね。そのまま、咥えてごらん」

「ぅ……」

こんな大きなものが口に入るだろうか。

躊躇いながらも、ああんと大きく口を開け、アレックスの屹立をゆっくりと含んだ。

「ふ、あ……ぁ」

亀頭の括れまで呑み込み、そこで躊躇し、含んだまま舌先で先端をもてあそぶと、肉茎がひくひく震えて口から外れそうになった。

「ああ、上手だ、ヨゼフィーヌ。とても悦い」

アレックスが酩酊した声を出す。

彼が心地よく感じてくれるのが嬉しくて、思い切ってさらに喉奥まで太竿を呑み込んでいく。

「ん、ぐ、ふ、ふぁ、んんんぅ……」

息苦しくて、目に涙が浮かんでくる。

でもアレックスを悦ばせたくて、必死で頭を上下に振り立てて、舐めしゃぶった。

「そうだ、悦いよ、すごく悦い、ヨゼフィーヌ」

アレックスの両手が、ヨゼフィーヌの頭を優しく撫で、髪を梳く。その感触と雄茎の濃密な香りと味に、淫らな欲望が全身に広がっていく。

「は……ふぁ、は、ん、んふ、ふぁぅ……ん」

溢れた唾液と亀頭の先端から溢れる先走りで、唇の滑りがよくなり、くちゅくちゅと猥りがましい水音を立てて、夢中になって舌を動かした。

慣れない行為に顎がだるくなってくるが、アレックスを感じさせたい一心で頭を振り立てる。

「ああ——あなたは本当に、私をおかしくさせる。ヨゼフィーヌ、たまらない」

アレックスの声が掠れ、感極まったように彼の両手がくしゃくしゃにヨゼフィーヌの髪を掻き回した。

「あ、ふあ、あ、あぁ、ん、んんんっ」

いつもアレックスに心地よくさせてもらってばかりいた。

だから、初めて性的な行為でアレックスより優位に立てたような誇らしさに、ヨゼフィーヌは苦しさよりも悦びがまさり、舌腹を裏筋に押し付けては、くちゅくちゅと肉茎を唇で扱いた。

ふいにアレックスの手が、頭を押さえようとした。

「――ヨゼフィーヌ、もう――っ」

彼の声がくるおしく掠れる。

「ふ、んっ、んんぅ、んんんっ」

ヨゼフィーヌはさらに唇に力を込め、きゅっきゅっと先端を擦った。

どくん、口中で彼の滾りがひとまわり大きく膨れた。

「あ――っ」

アレックスが切羽詰まった声を漏らす。

次の瞬間、彼がぶるっと胴震いした。

「んん、く、ふぁ……っ」

どくどくと熱い迸りが口中で弾け、ヨゼフィーヌは青臭い精の匂いにくぐもった呻き声を上げる。びくんびくんと肉胴が痙攣し、たっぷりした白濁液が放出される。

「――っ」

アレックスが慌てたように、萎えた陰茎を引き抜いた。

「あ、ふ……ぁ」

ヨゼフィーヌは口いっぱいの白濁をどうしていいかわからず、救いを求めるようにアレックスを見上げる。

アレックスは素早くシャツを脱ぎ、ヨゼフィーヌの口元へ当てた。

「あまりに悦すぎて、もたなかった。すまない、ヨゼフィーヌ、ここへ出せ」

アレックスがこんなに狼狽(うろた)えるのは、初めてで、ヨゼフィーヌの身体中に熱い達成感が込み上げてきた。

愛する人が零したものを吐き出すなんて、できない。

「んん、こく……ん」

白濁の精は濃厚で粘つき苦味もあり、嚥下するのが困難だったが、思わずそのまま呑み下してしまった。

「は、はぁ……は……」

唇の端から、嚥下し損ねた欲望の液が、とろりと溢れた。

それをシャツの端で拭いながら、ヨゼフィーヌは満足げにアレックスを見つめた。

自分の口腔愛撫でアレックスを極めさせたという、誇らしさすら感じる。

「あ——ヨゼフィーヌ。あなたという人は——」

アレックスは熱っぽい眼差しでヨゼフィーヌの淫猥な表情を凝視し、震える両手で上気した顔を包んできた。

「こんなにもあどけない顔をして、たくましい母の顔も持ち、でも閨では恥じらいを忘れず、思いもかけない大胆なことをする——その落差に、私はどこまでも心を奪われてしまいそうだ」

彼はそっと唇を寄せ、ヨゼフィーヌの唇に繰り返し口づけする。

「苦しいことをさせてしまったな、すまない、ヨゼフィーヌ——でも、素晴らしかった」

「いいえ、いいえ。アレックス様がお喜びになるなら、私は……」

ヨゼフィーヌは心を込めて言う。

アレックスがやるせない表情になる。

「ああもう、あなたは、どうしてもそんなにもひたむきで愛おしいのだ——そんな色っぽい目で見られたら、堪らない。ほらもう——」

アレックスがこれ見よがしに腰を突き出す。

精を放出したばかりの彼の陰茎は、すでにむくりと隆起して、元の勢いを取り戻しつつあった。

　アレックスはヨゼフィーヌの背中を抱き寄せると、くるりと体勢を入れ替え、彼が上になる。

「あ……っ」

　夜着の裾を捲り上げられ、性急に股間をまさぐられた。

　下穿きを着けていないヨゼフィーヌの下腹部に手を這わせたアレックスは、ふっとため息とともに笑いを漏らす。

「もう、すっかり濡れているね」

　ヨゼフィーヌは、かあっと頬を染めた。

　確かに、自分でもはしたないほど媚肉は愛蜜を噴き零していた。

　淫らな口腔愛撫に夢中になっていたら、自分の官能の欲望もひどく煽られ、アレックスに触れられてもいないのに、蜜壺はすっかり熟れて濡れ果てていたのだ。

　アレックスの指が、くちゅりと花弁を暴くと、とろりと蜜が溢れてくる。そのまま、しなやかな指先が蜜口を掻き回す。

「んっ、あ、あぁ……」

「熱い——私のものを舐めながら、あなたも欲情していたのだね」

「ぁ、ん、いやぁ、言わないでください」

恥ずかしさにいやいやと首を振り、腰を引こうとした。

だが、アレックスの指が愛液を塗りこめるように鋭敏な秘玉に触れてくると、雷に打たれたような快感が背中を駆け抜け、全身がびくついた。

「ああっ、ん、あぁっ」

膣壁がきゅうきゅう蠕動し、つーんと痺れる官能の飢えが下腹部を支配した。

「そんな悩ましい声を出したら、私はもう——」

アレックスがヨゼフィーヌの膝の間に自分の足を押し込み、大きく開かせた。そのまま覆いかぶさってくる。

「んっ」

硬く熱い亀頭が、とろとろの蜜口に押し当てられる。

アレックスが腰を押し進めると、濡れそぼった肉のうろは、ぬぶぬぶとたやすく巨根を受け入れてしまう。

「あ、あぁーっ、あ、あっ、入って……くる……っ」

太茎が疼く肉襞を擦り上げながら、最奥まで貫かれていく。

飢えを満たされる悦びに、腰がびくびく痙攣する。

「ああ——あなたの可愛らしい口でしてもらうのも素敵だが、やはり、あなたの中が最高だ。熱くてぬるぬるして、私をきつく締め付けて——」

アレックスは深いため息を吐くと、そのまま力強い抽挿を開始した。

「んぁ、あ、あ、ぁ、激しい……っ、あ、そんなに、しちゃ……あぁ、すご……い」

激しく揺さぶられ、ヨゼフィーヌは湧き上がる愉悦に嬌声を上げて、背中を仰け反らせた。

「悦い、ああ気持ち悦い、ヨゼフィーヌ」

アレックスは息を乱しながら、脈動する雄茎でヨゼフィーヌの肉襞を押し開き、引き摺り出し、擦り上げる。

「んぁ、あ、はぁ、あ、私、も、い、い……あぁ、アレックス様ぁ」

激烈な律動に、喘ぎ声が途切れ途切れになってしまう。

「そうか、あなたも気持ち悦いか、ああ可愛いぞ、いくらでも悦くしてやる、ヨゼフィーヌ」

アレックスがヨゼフィーヌの細腰を引き寄せ、角度を変えて腰を穿ってくる。

「んぁあ、あ、そこ、あ、だめ……っ」

アレックスの笠の張った亀頭の括れが、ひどく感じてしまう箇所を擦り上げてきて、腰が大きく跳ねた。

「ここが、感じるのか？　もっとだ、もっと突いてやろう」

一度精を放出したためか、アレックスの態度には余裕がある。

一方で、熟しきったヨゼフィーヌの濡れ襞は、いつもよりさらに鋭敏に快感を拾い上げてしまう。

ほどなく、熱い絶頂の波が押し寄せる。

「ふぁ、あ、ぁあ、も、あ、早い……あぁ、も、もうっ、もう、達っちゃう……っ」

ヨゼフィーヌは首を振り立てて、アレックスの背中にぐっと爪を立てた。

「よい、達くがいい、何度でも、達かせてやるから」

アレックスが内壁をぐるりと掻き混ぜるようにして、深く抉ってきた。

「あ、あ、だめ、あ、あ、早くて……あ、あああぁあっ」

目も眩むような愉悦が押し寄せ、ヨゼフィーヌは小さな身体を敷布の上でびくびくと小刻みに震わせた。

だが、ヨゼフィーヌは容赦なく、そのままがつがつと腰を抜き差ししてくる。

愛液と先走りの混じった粘液がぐちゅぬちゅと撹拌され、泡立ち、結合部から溢れ出して、敷布を淫らに濡らしていく。

「お……ねがい、お願い、もう、もう、達った、から、もう……っ」

息も絶え絶えになって懇願したが、アレックスは深く繋がったままヨゼフィーヌを抱き起こし、くるりと裏返しにした。

「きゃ、あぁ、あぁっ」

疼き上がった内壁が掻き回され、ヨゼフィーヌは白い喉を仰け反らせて悲鳴を上げる。アレックスははだけてしまったヨゼフィーヌの夜着を肩のところまで捲り上げ、尻や背中を剝き出しにする。

そして、うつ伏せにしたヨゼフィーヌの腰を持ち上げ、アレックスは蜜壺をしゃにむに蹂躙していく。

「っ、ひあ、ぁ、だめ、もう、だめ、奥、痺れて……っ、あぁ、あ」

脳芯まで愉悦に酩酊して、甲高い嬌声が抑えられない。

柔らかな尻肉にアレックスの引き締まった腰が打ち付けられるたびに、ばつんばつんと卑猥な破裂音が鳴り、粘つく水音とともに部屋の中に卑猥なハーモニーが響いていく。

耳を塞ぎたいほど恥ずかしいのに、身体はよりいっそう昂ぶって、喉が開いて淫らな呼吸音が飛び出してしまう。

「も、だめぇ、やめて……ください、もう、だめに……っ」

敷布に縋り付き、ヨゼフィーヌはがくがくと総身を震わせながら、甘くすすり泣いた。

「あなたのやめてくれは、もっとして欲しいという意味だと、この頃わかってきた」

アレックスが背後で意地の悪い声を出した。

「そ、そんなぁ、あ、ぁあ、や、あ、また、また、来るっ……」

アレックスの硬い先端が、子宮口をごりごり削るたび、ヨゼフィーヌは白い背中を波打たせ、快楽に咽(むせ)んだ。

「だめぇ、お願い、あ、あ、止まらない……あぁ、アレックス様、終わらない、どうしようっ……っ」

次々に絶頂が上書きされていく。

いつもなら、快感が最高潮に達したところで、緩やかに坂を下っていくようにそれが鎮まっていくのに、今宵(こよい)はどうしたことか、ずっと達したままの状態が続くのだ。

その理由を、ヨゼフィーヌは快楽に酩酊した頭の隅で理解していた。

今宵が、最後の夜。

そう決めていたのだ。

だが、アレックスにはそんなそぶりを気取られてはならない。

「ふぁ、あ、は、はぁ、おかしくなっちゃう……あぁ、すごい、すごくて……あぁあっ」

アレックスの肉竿の根元の膨れた部分がひりつく陰核を擦り上げ、太いカリ首が恥骨の裏側の感じやすい部分を突き上げ、感じやすい部分をすべて刺激されて、どうしようもない媚悦に理性は奪われてしまう。

さらに、大きな陰嚢が男の腰の律動に合わせて後孔を叩いてくると、それが不可思議で未知の刺激になって、もうどうにかなってしまいそうだ。

「は、はぁ、は、ぁあ、あ、すごい、あぁ、おかしく……あぁ、気持ちよくて……ぁあん」

いつの間にかヨゼフィーヌは、アレックスの律動に同調して、自分から尻を突き上げ、振り立てていた。

我ながら、盛りのついた雌猫のように浅ましくて、羞恥に全身が熱く灼けるようだ。だが、止められない。

アレックスが前に突き上げてくるのに合わせ、尻を後ろに突き出すと、さらに結合が深くなり、重苦しい媚悦が子宮に伝わっていく。

「ああ、あなたの奥が吸い付いて、さらに私を引き込んでいく。ヨゼフィーヌ、すごい、素敵だ」

アレックスが心地よさげに唸る。

「あぁ、あぁあ、どうしよう、アレックス様、あぁ、わたし、わたし、終わらない、怖い……このままじゃ、おかしく……あぁっ」

ヨゼフィーヌは我を忘れて喘いだ。

「もっと、おかしくなって、ヨゼフィーヌ――もっと欲しいだろう？　正直になって、私を欲しいと言ってくれ」

アレックスは腰を押しまわして内壁を掻き回しながら、手を前に回して愛液にまみれた肉芽に触れてきた。

ヨゼフィーヌはびくんと腰を跳ね上げる。

刹那、びしゅっと大量の愛潮を吹いてしまう。

「ひやぁうっ、あ、だめ、そこ、しちゃ、もう、だめ……えっ」

アレックスは深く腰を抜き差ししつつ、鋭敏な花芽を捏ね回したり、小刻みに揺さぶったりして、ヨゼフィーヌをいっそう甘く危険な快楽の淵に落としていく。

「ほら、言ってごらん、気持ちいい、もっとして欲しい、私が欲しいと」

「や、もういやぁ、あ、だめ、もう、だめに……あぁあぅ」

ぎゅっと瞑った瞼の裏で、真っ赤な法悦の火花が散り、ヨゼフィーヌはもはや何も考えられなくなる。

総身の毛穴が開いてしまったように、自分の感覚がおかしくなるような気がした。

欲しい。

アレックスだけが欲しい。

もっと、もっと、もっと。

このひと夜、二人で官能の狂気を極めたい。

ヨゼフィーヌはがっくりと首を垂れ、掠れた声で告げる。

「もっと……して、あぁ、気持ちいい、アレックス様、わたしをめちゃくちゃにして……もっと、欲しいの、もっとおかしくして、くださいっ……っ」

刹那、熟れ襞に包まれた灼熱の欲望が、どくんと大きく膨れ上がった気がした。

「ヨゼフィーヌ、私のヨゼフィーヌ。あげよう、私のすべてを、なにもかも、あなたの中に、注ぎ込んでやる」

アレックスは獣のように低く唸りながら、最後の仕上げとばかりに激しく腰を打ち付け、抽挿を速めていく。

「んんんっ、あ、はぁ、あ、だめ、もう、あ、あぁあああっ、あーっ」

激烈な快感の高みに意識が押し流され、ヨゼフィーヌは内腿をがくがく震わせながら頂点を極める。感じ入った濡れ襞が忙しなく収斂(しゅうれん)し、アレックスの膨れ上がった怒張をき

りきりと咥え込み、迸りを促した。

「は――」

アレックスが大きく息を吐き、再び大量の欲望の飛沫を最奥に放出する。

「……はぁっ……は、はぁ……ぁあ……はぁ……」

頭の中が真っ白になり、全身が甘く硬直し、すぐにぐったりと弛緩した。ヨゼフィーヌはシーツに顔を埋め、浅い呼吸を繰り返す。汗がどっと吹き出すのを感じた。

背後からゆっくりと、アレックスが倒れこんでくる。

「はあ――はっ――」

汗ばんだ背中に、アレックスがぴったり折り重なる。

彼の忙しない動悸が直に肌に感じられ、ヨゼフィーヌは愛する者同士で分かち合えるこの瞬間が、愛おしくてならない。

アレックスが重なったままぎゅっと抱きしめてくる。

「――ヨゼフィーヌ、愛している」

ヨゼフィーヌは泣きたいくらいの多幸感に包まれ、答える。

「アレックス様……」

アレックスの両手がヨゼフィーヌの手に重なり、指を強く絡めてきた。

「ぜったい離さない。未来永劫、あなたは私のものだ」

ヨゼフィーヌもきゅっと力を込めて握り返す。そして、心の中で強く思う。

（離さないで、覚えていて……いつまでも、わたしは、アレックス様のものです）

未来がたとえ暗澹たるものになろうと、ヨゼフィーヌにはもう後悔はなかった。

この一瞬一瞬が、こんなにも煌めいて満たされるものならば、この思い出を大事に生きていけばいい。

もうなにも怖くない。

願うのはアレックスとローズマリーの幸せだけ。

（愛しています、愛している。あなたを死ぬまで愛します）

ヨゼフィーヌは気持ちを込めて、繰り返し胸の中でつぶやいた。

その晩、何度も互いを求め合い、貪り合い、精根尽き果てて、二人は抱き合ったまま泥のように眠った。

しかし実は、眠ったのはアレックスだけだったのだ。

ヨゼフィーヌは身を起こし、健やかな寝息を立てているアレックスの顔を、長いこと見つめていた。

「愛しています……アレックス」

最後に密やかにつぶやくと、ヨゼフィーヌはアレックスを起こさぬように慎重にベッドから出た。部屋の隅のクッションで寝ていた子犬のプルーンが、目を覚まして小さく鼻を鳴らす。

「しいっ、プルーン、いい子ね、静かにね、おやすみ」

声を潜めて言うと、プルーンは素直に前足の上に顎を乗せて目を閉じた。

ヨゼフィーヌは足音を忍ばせて、ローズマリーの寝室へ戻った。

毛布を蹴飛ばしてこんこんと眠りこけているローズマリーに、毛布を掛け直してやり、しみじみ寝顔を凝視した。

「いい子ね、ローズマリー。パパと幸せに暮らすのよ」

ヨゼフィーヌは、込み上げてくる嗚咽を嚙み殺した。

そっとローズマリーの寝室を出ると、素早く着替え、小さな鞄(かばん)に身の回りのものといくらかの金品を詰め込んだ。

その足で、火の点った小さな燭台を手にして、離宮の内庭に出た。

温室に通ううちに、温室のさらに奥の離宮を囲む高い石塀に、茂みに隠れて崩れている箇所を見つけてあった。

小柄なヨゼフィーヌなら、どうにか抜け出ることのできる穴が空いている。

いざという時のために、そのことはヨゼフィーヌの胸の中に収めておいたのだ。

幸い、今夜は月も隠れた闇夜だった。

ヨゼフィーヌはかすかな灯りを頼りに、茂みを掻き分け、塀の崩れた場所まで辿り着いた。

穴から身をくぐらせる前に、一度だけ振り返る。

自分の命と同じ大事な人たちを、ここに残していかねばならない。

身を切られるより辛かった。

でももう、決心していたのだ。

ローズマリーのつたない言葉から、自分の氏素性が、この城の誰かにばれていることを知った。

その人物の口から、いずれはアレックスにまで真実が届くだろう。

このままでは、悲惨な結末が待っている。

その前に、姿を消そう。

どこかで、命を絶つことも考えた。

けれどその前に――。

たった一人だけ、会っておきたい人物がいた。

その人の名は——バルト前宰相。

ヨゼフィーヌの実の父だ。

母が自分がお腹にいる時に離縁したので、顔も知らない。

風の噂では、重い病を得て貴族用の牢獄で寝たきりになっていた父は、アレックスが皇帝に即位した時の恩赦で、獄を出され、今は国境近くの養老院にいるという。

父のせいで、悲惨な人生を送ってきたヨゼフィーヌだが、それでも、実の親だ。

最後に、ひと目だけでも、会いたかった。

ヨゼフィーヌは、狭い穴をかすり傷をこしらえながらくぐり抜けた。

なんとか城の外に出ることができた。

外は深い森だった。

あの森を抜ければ、どこか街外れの街道に出ることができるだろう。

ヨゼフィーヌは息を大きく吸うと、前を向いて歩き出した。

「さようなら、さようなら。愛しい人たち。わたしを愛してくれた人たち。黙って消えることを、許してください」

こらえきれない涙が頬を伝う。

ヨゼフィーヌは唇を噛み締め、歩き続けた。

第五章　皇位をかけた愛

「なぜだ⁉　なぜ、黙って私のもとを去ったのだ⁉」

アレックスは何度も自問自答する。

今朝、目を覚ますと、ヨゼフィーヌの姿は消えていた。

書き置きすら残さず、わずかな身の回りのものを持って、何処ともなく城を去ってしまったのだ。

アレックスは最初、花の手入れに内庭か温室にでも行ったのだろうと思っていた。

一緒に朝食を取ろうと、待っていた。

だが、母を迎えに温室に向かったローズマリーが、べそをかきながら戻ってきたのだ。

「パパ、パパ、ママ、いない、いないよぉ」

「よしよし、泣かなくていい。私と一緒に、ママを捜そうね」

ローズマリーを抱いて、アレックスは内庭や温室を歩き回り、ヨゼフィーヌが見当たらないので、離宮の中まで捜し回った。

次第に胸に不安が込み上げてくる。

回廊の途中で立ち止まり、大声を出す。

「クリストフ！　クリストフはいるか？」

「は、ここに」

常にアレックスの警護に影のように付き添っているクリストフが、素早く面前に現れた。

「ヨゼフィーヌが行方不明だ。もしかしたら、広い本城に迷い込んでいるのかもしれぬ。お前の部下とともに、城中を捜索するように！」

「承知」

クリストフは風のようにその場から姿を消す。

「パパ、ママ、まいご？　まいご、なの？」

ローズマリーが心細げにアレックスの首にしがみつき、涙声を出す。

「うん、迷子かもしれないね。でも、すぐに見つかるよ。ママがローズマリーを置いて、どこかに行くなんて、絶対にないもの」

アレックスはローズマリーの頭をごしごし撫で、力づけた。

それは、自分に対しても言い聞かせていたのだ。

だが——。

数時間がかりで、クリストフと部下たちがくまなく城中を捜索したが、ヨゼフィーヌの姿は発見できなかった。

その間、アレックスはアンナにローズマリーを頼み、平常どおり公務についた。

うわべは普段と変わらず、てきぱきと仕事をこなしていたが、頭の片隅では、ずっとヨゼフィーヌの安否が気になっていた。

時間が経つにつれ、不安がいや増してくる。

昨夜、あんなにも愛を誓い、熱く身体を重ねたのに。

求婚した時、ヨゼフィーヌは戸惑ってはいたが心から嬉しそうだった。

彼女は城に来てからはずっと愛を口にしてくれなかったが、アレックスのことを拒絶しているようには思えなかった。おそらく、身分の違いから、遠慮しているのだとばかり思っていた。だから、身分差を解消すると提案したからには、きっとプロポーズを受け入れてくれると、確信していた。

アレックスとヨゼフィーヌ、そしてローズマリーの三人で、幸せな未来しかないはずだったのに。

なぜ、立ち去った？

しかも、彼女がこの世で命より大事にしているはずの、ローズマリーを置き去りにしてまで——。

逃げ出したいほど、アレックスと結婚するのが嫌だったのか。

胸の中の苛立ちと焦燥がつのる。

午後になり、執務室で仕事に向かっていたアレックスは、ついに何も手につかなくなり、書類を机に投げ出した。

「くそ！」

短く罵ると、彼は素早く席を立った。

マントを羽織ると、執務室を出て廊下を足早に進んだ。

なんとしてもヨゼフィーヌを捜さねば。そして、彼女の真意を確かめねば。

もしかしたら、なにか重大な事件か事故にでも巻き込まれているのかもしれない。

悪い予想が次から次へ、頭の中を去来し、アレックスは腹の底が冷えてくるような恐怖を感じていた。

と、廊下の突き当たりに、すらりとした女性が立っているのが見え、思わず声をかけてしまう。

「ヨゼフィーヌ！」

「――兄上、どちらにお出かけですか？　まだ、今日のお仕事は残っていましてよ」

硬い表情をしたアンナニーナが声をかけてきた。

アレックスは大きく息を吐く。

「ああ――お前か。いや、気にしないでくれ。少し、風に当たってくるだけだ」

適当にごまかしてその場を去ろうとすると、背後からアンナニーナが鋭く呼び止めた。

「兄上、行かないで！　あの女を追うつもりでしょう？」

アレックスはぎょっとして、足を止めて振り返る。

「なん――だと？」

アンナニーナは蒼白な顔で言い募る。

「兄上、兄上が離宮に囲っていた女の正体を、ご存じですか？」

「正体？」

アンナニーナは深く息を吸うと、一気に言い放った。

「あの女の本当の名前は、ヨゼフィーヌ・バルト公爵令嬢――そう、二十二年前、父上や母上、幼い兄上を命に危険に晒した、恐ろしい反逆者、バルト前宰相の実の娘です！」

「‼」

一瞬、後頭部を鈍器で殴られたような衝撃を受けた。

アレックスはアンナニーナが何を言ってるのか、しばらく理解できなかった。

「──お前は、何を、言っている？」

アンナニーナは勝ち誇ったように、胸を張る。

「ああやはり、兄上はご存じなかったのですね？　よかったこと、危うくあの悪女に騙されるところでしたわ。あの女はきっと、父の野望を果たすべく、ロマーニ皇帝家を滅ぼそうと謀んで、兄上に近づいたんですわ。このままだったら、兄上のお命もあぶなかったかもしれません」

アレックスは、全身から音を立てて血の気が引いていくような気がした。

「バルト、前宰相の──？」

権力欲に駆られ、皇帝家を転覆させようと謀ったバルト前宰相のことは、うすらぼんやりと記憶にある。

あの時、アレックスは今のローズマリーくらいの年齢で、反逆事件の全貌は把握できなかったが、凛々しい父と優しい母が危険な目に遭ったということは、理解できていた。

逮捕されたバルト前宰相は、終身刑の罪で貴族監獄に収監された。

その彼に、家族がいたことなど、知りもしなかった。

アレックスが皇帝の座に就いた時、恩赦として、重篤な病人だったバルト前宰相は釈放されたが、その際にも、彼は独身という建前だった記憶がある。家族は縁を切ったのかもしれない。

もしかしたら、恐ろしい事件を起こしたバルト前宰相と、家族は縁を切ったのかもしれない。

にしても、なんという皮肉な運命の巡り合わせだろう。

記憶を失った皇帝と、皇帝家に弓を引いた反逆者の娘が、ゆくりなくも出会い、激しい恋に落ちるなどと——。

そして、新しい命まで授かって——。

アレックスは、動揺で目の前がぐらぐらするような気がした。

「でも、ご安心を、兄上。あの女はここを出ていきました。もう、兄上に害なすこともありません」

「お前が？　アンナニーナ、ヨゼフィーヌに何か言ったのか⁉」

アレックスの剣幕に、アンナニーナはたじたじになったが、声を震わせて言い返してきた。

「正体がバレて、恐れをなして遁走(とんそう)したのですわ。ですからどうか、あの女のことは、お忘れになって——」

「ローズマリーがいる！」

アレックスは思わず声を荒らげていた。

「子どもが、娘がいる。あの子を捨て置けようか！」

アレックスは足に力を込め、歩き出す。

「兄上、どちらへ？」

アンナニーナが腕に手をかけようとした。

アレックスはそれを振り払い、前を向いたまま答えた。

「ローズマリーのもとへ行く。母が去り、ひとりぼっちで、待ちわびている。そうだ、私の気持ちより、まず、あの子の気持ちを慰めてやらねばならない」

アンナニーナが息を呑み、立ち尽くす。

「兄上――」

アレックスは、肩越しに、強い視線でアンナニーナを見返した。

「アンナニーナ、私はあの二人を、愛しているのだよ」

離宮の居間に入ると、ソファの上でアンナに抱かれて、ローズマリーがしくしく泣いていた。

アンナがしきりに慰めている。子犬のプルーンが心配そうに鼻をくんくんさせながら、ローズマリーの足元にうずくまっている。

「お嬢様、大丈夫、奥様はすぐお戻りになられますよ」

顔をくしゃくしゃにして泣きじゃくっているローズマリーに、アレックスは心が掻き乱される。だが、笑顔を浮かべできるだけ元気な声を出した。

「そうだよ、ローズマリー。ママは、すぐ帰ってくるぞ」

「パパっ」

ぱっと顔を上げたローズマリーは、アンナの膝から飛び下りると、まっすぐアレックスの腕の中に飛び込んでくる。

さっと彼女を抱き上げたアレックスは、涙に濡れた頬に優しく口づけを繰り返し、元気付ける。

「ママはね、ちょっとご用事があって、お出かけしているんだ。でも、すぐに帰ってくるから、いい子にしておいで」

ローズマリーはぐずぐずと鼻を鳴らしながら、潤んだ瞳でアレックスを見つめる。

「ママ、かえる？　すぐ？」

アレックスは力強くうなずく。

「うん、すぐだ。だから、それまで私といい子で、ママを待とう」

ローズマリーは手で拭うと、こくりとした。

「うん、ローズマリー、いいこ、してる、ママ、まってる」

その健気(けなげ)な様子に、アレックスは喉元までぐっと込み上げるものがあり、思わずローズマリーをぎゅっと抱きしめた。

「いい子だ、ローズマリー、いい子だ」

それからアレックスは、ゆっくりと心を込めて言った。

「パパはお前が大好きだ。そして、お前のママも大好きだよ。だから、パパが絶対に二人を守ってあげるからね」

自分がこの子の父であると、はっきりと口にした瞬間だった。

辻馬車を乗り継ぎ、半日かけて、ヨゼフィーヌは国境沿いにある鄙びた養老院に辿り着いた。

前世紀からの古い城を利用されて造られた建物は、あちこち崩れ落ち、じめじめして薄暗い。院の係に案内され、軋(きし)む廊下を歩きながら、ヨゼフィーヌはかつては一国の宰相まで上り詰めた男の末路の無残さに、打ち拉(ひし)がれる思いだった。

係は地下一階の奥の部屋に案内した。

「ここに、バルト公爵がおいでです」

ヨゼフィーヌはごくりと生唾を呑み込む。

係の者は、扉を開けながら小声で注意した。

「公爵は病が重く、医者の話では、もう一、二ヶ月のお命だということです。どうか、刺激しないよう、静かにお話しください」

ヨゼフィーヌは緊張しつつうなずく。

「はい」

部屋の中は、小さい明かり取りの窓が天井にひとつあるだけで、ベッドひとつでいっぱいになりそうな狭さだった。

鉄製のベッドに、バルト前宰相が横たわっていた。眠っているようだ。

ヨゼフィーヌは足音を忍ばせて近寄った。

顔を覗き込んで、ハッとする。

現役の頃のバルト前宰相は、恰幅(かっぷく)のいいがっしりした人だと聞いていた。

だが、今目の前に寝ている男は、痩せ細り枯れ果てた姿で、皺だらけの顔はドス黒く死相が浮き出ていた。

因果応報という言葉が頭に浮かぶが、それでも、この人は自分の父なのだ。

「……お父様……」

密やかにつぶやくと、それまで目を閉じていたバルト前宰相が、ふいに目を開いた。

彼は白く濁った瞳を、こちらに向ける。

ヨゼフィーヌは唇を噛み締め、視線を受け止めた。

バルト前宰相の唇が震え、掠れた声がした。

「お、まえ――ヨゼフィーヌか？」

「はい……ヨゼフィーヌです」

バルト前宰相の顔が、くしゃりと歪む。

「その、胸元のネックレス――私が妻の誕生日に贈ったものだな――持っていてくれたのか」

ヨゼフィーヌはそっとネックレスに触れた。これを見て、バルト前宰相は自分の娘だと察知したのか。父が亡き母のことを忘れずにいたことに、胸を突かれた。

バルト前宰相は、消え入りそうな声で言う。

「おまえ、私を、恨んでおろう」

相手の哀切な口調に、返事を躊躇った。だがもうこれが、最初で最後かもしれない父娘の邂逅だ。

ヨゼフィーヌは思い切って率直に答えた。

「はい……母が早くに亡くなり、遠縁の家では厄介者扱いでつま弾きで、息を潜めて生きてきました。とても、とても辛かったです」

バルト前宰相の目が潤む。

「そうか——許してくれ、とは言えぬ。だが、すまぬ。お前に、苦しい人生を歩ませ、父として、なにもしてやれないままだった。ほんとうにすまなかった」

「……いいえ」

バルト前宰相が、毛布から枯れ木のように細い腕を差し出してきた。

ヨゼフィーヌは、思わずその手を握る。かさかさで生気がすでにない。

と、バルト前宰相の目に、わずかに光が宿る。

彼の節くれだった指が、ヨゼフィーヌの左手の薬指の指輪に触れてきた。

アレックスからもらった婚約指輪だが、せめて彼との愛の思い出が欲しくて、嵌めたままでいたのだ。

「おまえ、婚約者が、いるのかい?」

バルト前宰相の問いに、ヨゼフィーヌは悲しく笑う。

「いましたけれど——私の身元がばれて、解消になりました」

バルト前宰相が、愕然とした表情になる。

「この指輪、皇帝家の紋章が象(かたど)られている。ヨゼフィーヌ、お前の婚約者というのは、皇帝家ゆかりの人物なのか?」

表情に生気が蘇り、そこにはかつての敏腕宰相の面影があった。

ヨゼフィーヌはバルト前宰相の洞察力に驚き、思わず素直に答えていた。

「そのとおりです」

バルト前宰相の顔に血の気が上ってくる。

「お、おお——なんと、いう、運命の神の采配であろうか」

と、突然、バルト前宰相が、よろよろと身を起こそうとしたのだ。

ヨゼフィーヌは、慌ててその背中を支えた。

「ど、どうなさったのです? ご無理はいけません」

バルト前宰相は、ぎゅっとヨゼフィーヌの腕を掴んだ。驚くほど、強い力だった。

彼はヨゼフィーヌに縋り、辛そうに呼吸をしながらもはっきりと言う。

「頼む、ヨゼフィーヌ、私を、連れていってくれ」

ヨゼフィーヌは目を瞬く。

「ど、どこへ?」

「首都だ」

言葉を失うヨゼフィーヌに、バルト前宰相は繰り返す。

「首都の、皇城に行く。死んでも、行く」

「お父様、いったい……？」

ヨゼフィーヌは、バルト前宰相の意図がわからず、呆然とした。


一方、首都の皇城では。

クリストフたちの懸命な捜索で、ヨゼフィーヌが辻馬車を借り、国境へ向かったとの情報を掴んだ。

私室でクリストフから報告を受けたアレックスは、すぐに追跡部隊に後を追わせるよう命じた。

「もしかしたら、国境を越えて外国へ逃亡しようとしているのかもしれない。その前に、なんとしても彼女の身柄を確保するのだ」

それから。彼は付け加える。

「私も行く。すぐに準備せよ」

「御意」

クリストフが部屋を飛び出していくのと入れ違いに、蒼白な顔でアンナニーナが入ってきた。

「兄上、あんな反逆者の娘を追いかけるなんて、やめてください！」

アレックスは、侍従たちに身支度をさせながら、アンナニーナに向かってきっぱりと言った。

「ヨゼフィーヌは、自分の身の上を知っていたに違いない」

「ええ、ですから——」

「どれほど、彼女は苦しんでいたろう」

アレックスの声は苦渋に満ちていた。

「親を選ぶことはできぬ。ヨゼフィーヌは、あんな辺境の地に身を潜め、息を殺すように生きてきた。彼女は花を愛する、無垢な乙女だった。皇帝家への反逆など、あり得ない。私の正体を知って、彼女はどんなに衝撃を受けたろう。自分が、愛する人の仇の娘だったなんて」

アンナニーナは、アレックスの血を吐くような言葉に、口を挟むこともできない。

「私の強引な愛と娘のローズマリーの存在に挟まれ、ヨゼフィーヌはずっと悩んでいたに違いない、なのに、私は、ヨゼフィーヌの気持ちを少しも汲み取ってやれなかった」

アレックスはマントの紐を自分できゅっと結んだ。

「ヨゼフィーヌを追い詰めたのは、私だ。彼女は、私とローズマリーのために、自分の人生を終わらせる覚悟でいるのだ。なんと崇高な愛情だろう。私は言葉ばかり求めていたが、これまでのヨゼフィーヌの振る舞いすべてが、私への愛に溢れていたんだ——あんな素晴らしい女性は、もう生涯出会えない。二度と、失いたくない」

身支度を終えたアレックスは、自分の前に立ち塞がるようにいるアンナニーナを、そっと押しやった。

「——兄上」

「通してくれ。兄の幸せを祈るのなら、アンナニーナ、私の意思に任せて欲しい」

アンナニーナは、澄んだアレックスの視線に押されるように、傍(かたわ)らに下がった。

アレックスは、そのまま大股で部屋を出ていった。

「兄上、兄上が、行ってしまわれる——」

アンナニーナはがっくりと、床に頽(くずお)れる。

アレックスの心からの誠実な言葉は、胸を打った。

それでもなお、悪党の娘に拘泥する兄は許せない、と思ってしまう。

「いつもは冷静沈着な皇帝陛下が、色を変えておりますな」

おもむろに、ゴルツ貴族議会議長が部屋に入ってきた。

アンナニーナは涙ぐんで、顔を上げる。

「ゴルツ貴族議会議長、私はもうどうしたら兄を止めることができるか、わかりません」

ゴルツ貴族議会議長は顎を撫でながら、狡猾そうに目を眇める。

「皇帝陛下の暴走を止めるには——そうですな、陛下の大切なものを盾にするがよいでしょう」

「大切な?」

「確か、離宮には陛下が我が子のように可愛がっているという、小娘がおりましょう」

「ローズマリーの、こと?」

「左様。その娘を盾に取り、少しばかり揺さぶりをかけて差し上げれば、足止めをすることができましょう。その間に、私が陛下のお気持ちをお諫めいたします——だが、離宮には、皇族しか入れませんので——」

ゴルツ貴族議会議長の意味深な顔つきに、アンナニーナは息を呑む。

「わ、私に、ローズマリーを連れてこい、と？　そう言っているの？」

ゴルツ貴族議会議長は身を屈め、声を潜める。

「結局は、皇帝陛下のおためですぞ」

「——」

アンナニーナは追い詰められ、混乱しきっていた。

アレックスを引き留めるためなら、なんでもしたかった。

彼女はふらふらと立ち上がる。

「わかったわ——」

一個中隊の出立の準備が整ったとの連絡を受け、アレックスはクリストフを従え、皇城の正門へ向かった。

背後からぴったり付いてくるクリストフは、ふと遠慮がちに声をかけてきた。

「陛下、すべてが丸く収まった暁には、どうか、アンナニーナ皇女殿下をお責めにならぬよう、お願いします。あの方は、心より、陛下のことをお考えであらせられますゆえ、時に気持ちが先走ってしまわれるのです。決して、悪意あってのことではないのです」

アレックスは、わずかに歩みを緩め、肩越しにクリストフを見遣る。忠実で寡黙なクリストフが、アンナニーナのために精いっぱい言葉を尽くしているのが、心に染みる。こんなにも立派で誠実な騎士がそばにいるのに、なぜ妹は実の兄の自分に執着するのだろう。

「わかっている——アンナニーナも、早くお前の気持ちに、気づいてくれるといいのだが」

「は？　いいえ、私の気持ちなど——」

赤毛の騎士は、自分の髪の毛のように顔を染めた。

と、正門のあたりが妙にざわついている。

ばたばたと、そちらから一人の騎士が走ってきた。頭に矢傷を負って、流血している。

アレックスとクリストフはぎょっとして、立ち止まる。

クリストフが、素早く剣を抜いてアレックスの前に立ち塞がった。

「何事だ？」

その騎士は、ばたりと床に倒れると、必死で声を振り絞った。

「た、大変でございます。正門前に、武装集団が押し寄せ——ゴルツ貴族議会議長が先頭に立っております！」

アレックスは目を見開いたが、冷静さは保っていた。

「ゴルツ貴族議会議長か——以前から、奴の動きは怪しいと思っていた。いつか、行動を起こすやもしれぬと、心していたのだ。なに、文官の彼の率いる武装集団など、我が騎兵隊の敵などではない。一蹴してみせる」

その騎士は、息も絶え絶えに付け加えた。

「ゴ、ゴルツ貴族議会議長は、小さな女の子を抱きかかえておりました――陛下を呼べ、と、そう申して――」

「なに!?」

アレックスは声を失い、愕然とする。

「まさか、ローズマリーが!?」

クリストフは、アレックスの動揺を素早く察知し、がっちりと彼の腕を掴むと、落ち着いた声で言う。

「陛下、私の脇にぴったりついてください。私が命に代えても陛下をお守りします。いざ、正門前まで、まいりましょう」

アレックスは心臓がきゅうっと締め付けられるような恐怖を覚えたが、無言でうなずいた。

正門には、大勢の武装騎士たちがひしめいていた。

「前を空けよ！　陛下をお通しせよ！」

クリストフが大音声で叫ぶと、騎士たちはさっと左右に引けて道を空けた。

その中を、アレックスとクリストフは早足で進み抜けた。

正門前に、ゴルツ貴族議会議長が率いる武装集団が居並んでいる。総勢、百名ほどか。毎日厳しい鍛錬を積んでいるアレックスの配下の騎士たちなら、にわかに集められた兵士たちなど、簡単に蹴散らせるだろう。

だが――。

最前列に立っているゴルツ貴族議会議長の姿を見た時、アレックスは背中に冷たい汗が流れるのを感じた。

ゴルツ貴族議会議長の太い腕に、ローズマリーががっちりと抱きかかえられていた。

ローズマリーは自分の周りで何が起こっているのか理解できないようで、つぶらな目を見開き、怯えたようにきょろきょろしている。彼女は胸に子犬のプルーンを抱きしめていて、プルーンも不安げにきゅんきゅん鼻を鳴らしている。

ゴルツ貴族議会議長は現れたアレックスに、不遜な口調で言う。

「これは陛下、どこへお出かけですかな？」

アレックスはかっと頭に血が上りそうになったが、自制心を働かせ、落ち着いた態度を保とうとした。相手の扇動に乗ってはいけない。

ましてや、敵の腕の中には、最愛の娘がいるのだ。

「ゴルツ貴族議会議長、とうとうお前は本性を現した、ということか。愚かな真似をしたな。貴族議会で、私と意見を違わすのとは、わけが違うぞ。身の破滅だと、知っていて愚行に出たのか？」

アレックスは抑えた声を出す。

ゴルツ貴族議会議長は口元に引き攣った笑みを浮かべる。

「なんとでもおっしゃいなさい。若き皇帝陛下よ。あなたの権威は、今日で地に落ちるのですから」

アレックスは、鋭くゴルツ貴族議会議長を睨みつけながら言う。

「そうか――私が地方視察の折、何者かに拉致されて、崖から突き落とされて命を狙われたのも、お前の策略だったのだろう」

「はて？　そういうこともあったかもしれませぬな」

「――卑劣漢め」

「なんとでも」

無言で交互にアレックスとゴルツ貴族議会議長を見ていたローズマリーが、か細い声でアレックスに向かって呼びかけた。

「パパ、たしゅけて――このおじちゃん、こわいよぉ」

アレックスは腹の底から怒りと恐怖が込み上げてきたが、ぐっと耐えた。

そして、ローズマリーを怖がらせないよう、優しく声をかける。

「ローズマリー、おとなしくしているんだよ。パパがすぐに助けてあげる」

ローズマリーはこくんとうなずく。

「うん——わかった」

「うるさい小娘だ」

ゴルツ貴族議会議長はふいに腕に力を込め、ローズマリーの身体を締め付けた。

「いたい、やあああっ」

ローズマリーが悲痛な叫び声を上げた。

「ローズマリー！」

アレックスは思わず腰の剣を抜き、一歩前に飛び出した。

「陛下、いけません！」

クリストフが背後から制止し、アレックスはハッと我に返る。

ゴルツ貴族議会議長はにたりと笑う。

「陛下、それ以上動くと、この娘を石畳に叩きつけますぞ」

ゴルツ貴族議会議長の陰険な声色に、ローズマリーは震え上がってわっと泣き出す。

「うわああ、あーん、あーん、こわい、こわいよぉ」

腕の中で泣き叫ぶローズマリーを、ゴルツ貴族議会議長が苛立たしげに睨み、ローズマリーを揺さぶった。

「うるさいぞ、黙れ！」

「ゴルツ貴族議会議長！　それ以上、ローズマリーに手を出すな！」

アレックスが鋭く叫んだ。威厳ある朗々とした声に、ゴルツ貴族議会議長がびくりと動きを止める。

アレックスはゆっくり息を吐き、地を這うような低い声で言う。

「娘に害をなしたら、私はこの世の果てまでお前を追って、殺しに行く」

その場にいた者全員が震え上がり凍りつくような殺意が、アレックスの全身から吹き出している。

さすがのゴルツ貴族議会議長も、肝を冷やしたようで、口ごもる。

「そ、その――陛下が、素直にこちらの意に沿ってくだされば、娘さんには傷ひとつつけずにお戻ししましょう」

アレックスは冷ややかに言う。

「ローズマリー解放の、そちらの条件は？」

ゴルツ貴族議会議長はすかさず答えた。

「陛下の退位、それのみです――武装を解いて、そう宣言してください」

背後で剣の柄に手をかけているクリストフが、思わず声を発した。

「なにを、馬鹿なことを！」

アレックスは、前を向いたまま、クリストフを手で制した。

「なるほど。わかった」

アレックスはうなずき、素早く自分の腰につけた剣を外し、地面に投げ捨てた。

「よかろう。私は、退位する」

皇帝付きの兵士たちが、驚愕してどよめいた。

ゴルツ貴族議会議長は、アレックスがすんなりこちらの条件を呑んだのが、少し意外だったようだ。

「陛下、それでよろしいのですな？」

念を押すように聞かれ、アレックスはうなずく。

何も迷いはなかった。

「かまわぬ」

すると、今まで嗚咽を堪えていたローズマリーが、涙声を出す。

「パパ、おうさま、やめちゃう?」

アレックスは、爽やかな笑みを浮かべた。

「うん。でも、ローズマリー、パパはいつでもお前のパパだ。それだけは、ぜったい変わらない。愛しているよ、ローズマリー」

彼は両手を広げ、一歩前に出た。

「さあ、ゴルツ貴族議会議長、ローズマリーを解放しろ」

ゴルツ貴族議会議長の目が、ずる賢そうに細まった。彼はいきなりローズマリーの細い首を腕で締め上げる。

「ふふん、その手は食いませんぞ。娘を手の内に取り戻してから、反撃に出ようというのでしょう。おい、皇帝を襲撃しろ! 今なら丸腰だ!」

ゴルツ貴族議会議長が、背後の武装集団に命令した。

武装兵たちが、いっせいにアレックスに襲いかかろうとした時だ。

「待てっ! ゴルツ!」

嗄れているが、空気を切り裂くような鋭い声がした。

ゴルツ貴族議会議長が、ハッとして顔色を変える。

アレックスは、目を瞠(みは)る。

武装集団の背後から、一人の老人がヨゼフィーヌに支えられて、ゆっくりと進み出てきたのだ。その姿を、ローズマリーも目にした。彼女の腕の中の子犬のプルーンが、くんくんと嬉しげに鼻を鳴らす。

「ヨゼフィーヌ！」

「ママ！」

「ローズマリー、アレックス様」

親子は同時に名を呼び合った。

ヨゼフィーヌに支えられた老人は、よろめきながらもゴルツ貴族議会議長の前に立つ。

ゴルツ貴族議会議長が顔色を変えた。

「あなたは——まさか、バルト公爵——？」

バルト前宰相は、厳しい顔つきのままだ。

「久しぶりだな、ゴルツ」

ゴルツ貴族議会議長は、呆然として声も出ないようだ。

アレックスも驚きを隠せない。すっかり痩せさらばえ、足元もおぼつかない老人の姿に。

バルト前宰相は、呼吸するのも苦しそうだったが、はっきりと言った。

「ゴルツよ、権力に取り憑かれた悪人の末路が、この私だ。家族を苦しめ、自分自身もすべてを失い、今や、病み衰え、孤独に死のうとしている。道を踏み外す前に、考え直すのだ」

ゴルツ貴族議会議長は、かっと顔を赤くする。彼は憤然と答える。

「私は若い頃から、あなたに心酔していた。あなたの野望を、私が引き継ごうと思っていた——だから、だから、あなたの無念を晴らすためにも」

ふいにゴルツ貴族議会議長の顔が凶悪なものになり、懐から短剣を取り出すと、ローズマリーの頭の上に振りかぶった。

「皇帝家を滅ぼすのだ！」

ヨゼフィーヌがひゅっと息を吐く音がした。

「やめろ！」

アレックスは脱兎のごとく飛び出す。

だが、それより早く、ゴルツ貴族議会議長の前でバルト前宰相を支えていたヨゼフィーヌが、身体ごとゴルツ貴族議会議長にぶつかっていった。

「うわっ」

よろめいたゴルツ貴族議会議長の腕から、ヨゼフィーヌがローズマリーを奪い返そうとする。

「ローズマリー、ママのところへ！」

「ママ！」

ローズマリーがゴルツ貴族議会議長の腕の中で、もがいた。

「この——！」

ゴルツ貴族議会議長がもう一度短剣を構えようとすると、いきなりキャンとひと声吠(ほ)えたプルーンが、その手に噛みついた。

「いたっ！」

ゴルツ貴族議会議長が思わず手を緩め、その刹那、アレックスはゴルツ貴族議会議長の顔に、思い切り拳を叩きつけた。

「ぎゃあっ」

ゴルツ貴族議会議長の身体が、数メートル向こうに吹っ飛んだ。彼が両手を離し、ローズマリーの身体が宙に浮く。

「ローズマリー！」

アレックスは間一髪、ローズマリーを抱きとめた。

「パパっ」

「無事か？　怪我はないか？　どこも痛くないか？」

アレックスはぎゅっとローズマリーを抱きしめた。

「だいじょぶ、いたい、ない、ない、パパ」

ローズマリーが泣きながら、きつく抱き返してきた。

「ああローズマリー、アレックス様！」

ヨゼフィーヌが二人にむしゃぶりついてくる。

アレックスは、しっかりと二人を腕の中に抱え込んだ。

「私から離れるな。必ず守ってやる」

アレックスはさっと地面に落ちた自分の剣を拾うと、素早く鞘を払い、片手でローズマリーとヨゼフィーヌを囲い込んだまま、構えた。

「さあ、来い！　逆らう者は、容赦せぬ！」

「うう——くそぉ」

自分の武装兵たちに抱き起こされたゴルツ貴族議会議長は、血走った目でアレックスたちを睨んだ。彼はぶるぶる震える指で、アレックスたちを指す。

「こうなったら、死なばもろともだ、全員、皇帝を襲え——」

直後、クリストフが剣をかざして、皇帝軍に叫んだ。

「総員、突撃！」

一糸乱れぬ動きで、皇帝軍の兵士たちが飛び出し、武装集団に襲いかかる。

激しい剣の打ち合いと、怒号と悲鳴で、あたりは騒然となった。

「陛下、ご無事ですか?」

クリストフが駆けつけると、アレックスはヨゼフィーヌにローズマリーを託しながら、命じた。

「クリストフ、ヨゼフィーヌとローズマリーを安全な場所へ!」

ヨゼフィーヌはしっかりとローズマリーを受け取り、蒼白な表情で言う。

「アレックス様は?」

アレックスは爽やかに微笑む。

「私は戦う。お前たちを守るために」

アレックスは、自分の中に今まで以上に、勇気と自信と、そして愛が満ち溢れているのを感じた。

今こそ、自分はほんとうの父であり、夫であるとはっきりと自覚できたのだ。

父であるバルト前宰相が、

「首都へ行く」

と、言い出した時には、ヨゼフィーヌは驚き、バルト前宰相の意図がわからなかった。

もはや、余命わずかだという重篤の身であり、かつ皇帝家に反逆の罪を犯したのに、なぜ皇城に行こうというのか。

だが、ヨゼフィーヌが止めても、バルト前宰相からは這ってでも行きそうな強い意志を感じた。

ヨゼフィーヌは、それが父の最期の意志なら、その気持ちに沿おうと思った。

足元もおぼつかないバルト前宰相を支え、養老院を出て、街道で辻馬車を拾い、ひたすら首都を目指した。

弱りきった身体で馬車に揺られ続け、夕刻、首都に到着する頃には、バルト前宰相は、息をするのもやっとの有り様だった。

それでも、ヨゼフィーヌに支えられ、彼は一歩一歩皇城を目指す。

だが、皇城の正門まで辿り着くと、そこは騒然としていた。

皇帝軍と武装集団が、睨み合っている。

皇帝軍の最前には、アレックスがいた。

そして、武装集団の一番前にいる男の腕には、愛しいローズマリーが囚われて――。

「いやあ！　ローズマリーが！」

ヨゼフィーヌは悲鳴を上げた。

バルト前宰相は、肩で息をしながら掠れた声で尋ねた。

「あれは、ゴルツ公爵――あいつが抱いてる少女は、お前の娘なのか？」

ヨゼフィーヌは涙ぐみながらうなずく。

「はい……ああ、どうして？　どうして、あんな危険な目に……！」

バルト前宰相は、不思議に落ち着いた態度で再び歩き出した。

「うろたえるな、ヨゼフィーヌ。私が、なんとかしよう、おいで」

「は、はい……」

ヨゼフィーヌに支えられて武装集団の背後に来たバルト前宰相は、瀕死(ひんし)の人間とは思えない張りのある声で呼ばわったのだ。

「待て！　ゴルツ！」

その後は、怒濤の展開で、ヨゼフィーヌは記憶が定かではない。

ただ、危機一髪でアレックスがローズマリーを救ってくれたのは、鮮明に覚えている。

彼が剣を取り、ヨゼフィーヌとローズマリーを守ると、きっぱりと言ってくれたことも。

クリストフに護衛されながら、皇帝軍と武装集団が入り乱れて戦っている中を抜け出そうとして、ヨゼフィーヌは、ハッと気がつく。

「父は？　父上は、どこ？」

目を凝らすが、敵味方が激しくもみ合っていて、わからない。

「クリストフ、あそこに私の父が――」

ヨゼフィーヌが訴えたが、クリストフは足を止めない。

「陛下の命令で、まずはお二方を、安全な場所までお連れします」

「でも……」

腕を引かれながら、もう一度振り返ると、すでに武装集団はあらかた制圧されていた。

多くは討ち死にし、残った者たちは捕縛されたようだ。

長身で目立つアレックスが、その場で指示を出す姿があり、無事だとわかった。

ヨゼフィーヌはほっとした。

アレックスは、地面に倒れている者たちを、一人一人検分しているようだ。倒れている者の中に、ゴルツ貴族議会議長の着ていた赤いマントを羽織っている男がいる。

アレックスがその男の上に屈み込んだ時だ。

背後に灰色のマントを羽織って倒れていた男が、突然むくりと起き上がった。

その男は、手にした剣をアレックスの背後から振りかざした。

マントが外れ、ゴルツ貴族議会議長の顔が露わになる。

ヨゼフィーヌはとっさに叫ぶ。

「アレックス様、危ない！」

アレックスがさっと振り返った時、ゴルツ貴族議会議長の後ろから、よろよろとバルト前宰相が迫るのが見えた。

バルト前宰相は、倒れこむようにしてゴルツ貴族議会議長の背中に覆いかぶさった。

二人はもつれたまま、どっと倒れた。

「ああっ、父上っ」

ヨゼフィーヌは、クリストフの腕にローズマリーを預けた。

「この子を、お願いします」

ヨゼフィーヌは、夢中でそちらへ駆ける。

アレックスが立ち上がり、呆然としたように倒れた二人の男を見つめている。

「アレックス様、アレックス様、ゴルツ貴族議会議長は？」

息急き切って駆けつけたヨゼフィーヌを、アレックスが抱きとめた。

「――死んだ」

ぽつりと彼がつぶやく。

ゴルツ貴族議会議長の背中には、ふかぶかと短剣が刺さっていた。そして、その短剣をしっかり握ったまま、バルト前宰相は虫の息だった。

「あ、ああ……あぁ……父上」

ヨゼフィーヌは、アレックスの腕をそっと外し、バルト前宰相の前に跪いた。バルト前宰相は、ぜいぜい掠れた呼吸の中から、声を絞り出す。

「――ヨゼフィーヌ、すまぬ。せめてもの、罪滅ぼしだ――そして――」

バルト前宰相の視線は、アレックスに向けられた。

「陛下――娘にはなんの罪もありませぬ――どうか、娘を責めぬように、お願い申し上げます――この言葉をあなたに伝えに、私は、ここまで、来たのです」

アレックスは深くうなずいて答えた。

「わかっている、わかっているとも」

バルト前宰相は、目を閉じ、かすかに口の端を持ち上げて笑みのようなものを浮かべた。

「ママぁ」

クリストフに抱かれて、ローズマリーが近づいてきた。ヨゼフィーヌは涙を拭って、娘に手を差し伸べる。クリストフに地面に下ろされたローズマリーは、とことこと歩いてきた。

ヨゼフィーヌは、バルト前宰相の耳元で、声を張り上げた。

「父上、ローズマリーです、あなたの孫です、ローズマリー、この人が、あなたのおじい様よ」

バルト前宰相が、うっすら瞼を上げる。

ローズマリーが、バルト前宰相の顔を覗き込んだ。

「おじいちゃま?」

バルト前宰相の唇が、かすかに震えて、なにか言おうとしたようだが、力尽き、そのまま彼は動かなくなった。

「ああ——息を引き取りました、今……」

ヨゼフィーヌは涙をハラハラと流した。

頰が瘦け、皺だらけのバルト前宰相の死に顔は、穏やかだった。

「父は——最期に、罪滅ぼしをしたのですね……」

ヨゼフィーヌはすすり泣く。

「悪い父でした。でも、わたしのために、命を賭けてくれたんです」

アレックスがしゃがみこみ、背後から抱きしめてきた。

「わかっている。私だって、自分の娘のためには命を賭けるだろう。同じ親として、その気持ちは痛いほど、わかるとも」

アレックスの目にも、光るものがあった。

ローズマリーは、不思議そうにバルト前宰相の顔を見つめる。そして、無邪気に尋ねてきた。

「おじいちゃま、ねんね？」

ヨゼフィーヌはローズマリーを抱きしめ、その柔らかな頬に口づけをした。

「そうよ、ローズマリー。長い長い、おねんねを、しているのよ」

アンナニーナは自分の部屋に閉じこもり、ソファに突っ伏して号泣していた。

悪辣なゴルツ貴族議会議長にうまうまと乗せられ、ローズマリーを離宮から連れ出し、彼の手に渡してしまった。よもや、彼が幼い命を平然と奪うつもりでいたとは、思いもしなかった。

玄関ロビーの陰から、事態の一部始終を見ていたアンナニーナは、自分の浅はかな行動を大いに後悔した。

可愛い姪ばかりか、敬愛する兄アレックスの命をも危険に晒したのだ。

「ごめんなさい、ごめんなさい」

アンナニーナは何度もつぶやき、自分の犯した罪の大きさに慄く。

もはや、兄のそばにはいられない。

この城を出て、どこか遠くの別城に引きこもって、贖罪（しょくざい）の日々を送るべきだ。

アンナニーナは意を決して、侍女たちに早急に出立の準備をさせた。

まだ城内は、騒乱後の処理でばたばたしている。人知れず出ていくのなら、今のうちだ。

皇帝家専用の抜け道から、数人の侍女だけを引き連れ、裏門に用意させた馬車へ向かう。

裏門の護衛兵たちには、固く口止めさせてある。

裏門まで辿り着いて、アンナニーナはハッとして足を止めた。

門前に、見覚えのある長身の赤毛の騎士が立っていた。

彼は、アンナニーナの姿を見ると、さっと跪く。

「皇女殿下、お伴（とも）します」

「クリストフ――」

アンナニーナは口の中で騎士の名をつぶやく。

クリストフは顔を上げると、真剣な表情で言う。

「貴方様が、罪を悔いて、ここを出ていこうとするだろうと、私にはわかっておりました。遠路は危険も多い、何卒、私に護衛させてください」

アンナニーナは胸に熱く込み上げてくるものがあった。だが、あえて厳しい声を出す。

「お前は、兄上直属の騎士です。これは、重大な業務違反になります」

クリストフは爽やかに微笑む。

「かまいません」

この男が、こんな晴れ晴れとした表情をするのを初めて見た。アンナニーナは、その時にやっと、気がついたのだ。ずっと傍で、黙って自分を見守ってくれていた男の秘めた想いに。

「――わかりました、私を守ってください」

クリストフの目が輝く。

「御意」

アンナニーナはわずかに笑みを浮かべた。

「私に付いてきたら、もう、兄上のもとに戻れないかもしれませんよ」

クリストフは頭を下げた。

「覚悟の上です」

アンナニーナはうなずき、背後の侍女たちに合図をした。

「出発します」

最終章　愛は恩讐を超えて

アレックスの命令で、討ち死にした武装集団たちの遺体は、丁重に運ばれ、無名墓地に埋葬されることになった。バルト前宰相の遺体だけは、ヨゼフィーヌのたっての願いで、バルト公爵家の墓に埋葬を許された。

生き残って捕縛された者たちは、一人一人警察の取り調べを受けた後、裁判を待つために監獄へ送られた。

正門前に残された武器や血糊の戦いの跡は、素早く跡形もなく清掃された。

夜半過ぎには、皇城にはいつもの静謐な空気が戻っていた。

「今日は疲れたでしょう、ローズマリー、ぐっすりおやすみなさい」

「おやすみ、ローズマリー」

寝室で、夜着姿のヨゼフィーヌとアレックスは、ローズマリーにおやすみの挨拶をしていた。

すでに目がとろんとしているローズマリーは、覗き込んでいる両親に向かって答える。

「おやしゅみなしゃい、ママ、パパ」

ヨゼフィーヌとアレックスは、左右からローズマリーの頬に口づけをした。

「ママ、パパ、だいしゅき――」

ローズマリーは満面の笑みになり、直後、ことんと眠りに落ちてしまう。

「ふふ、可愛いね。子どもの健康な眠りほど、心休まるものはないな」

「ほんとうに」

二人はしばらくローズマリーの寝顔を眺めていた。

背後で、プルーンが抗議するみたいにきゅんきゅん鼻を鳴らす。

「あら、プルーン、ごめんなさいね」

ヨゼフィーヌは気がついて、プルーンを抱き上げてローズマリーの枕元へ下ろした。プルーンは寝心地のよい位置を見つけると、ローズマリーに寄り添って満足げに丸くなった。

アレックスは、長い指でプルーンの首筋を優しく掻いてやる。

「お前はローズマリーを守ってくれた。小さいけれど、勇気ある犬だ」

プルーンは応えるように尻尾を振った。

ヨゼフィーヌはベッドサイドのオイルランプの灯りを小さくし、アレックスに目で合図をして、二人で足音を忍ばせて寝室を後にした。

寝室を出ると、アレックスが肩を抱いてくる。

「ヨゼフィーヌ、今日はお前たちを危険に晒し、ほんとうに面目がなかった。許してくれ」

ヨゼフィーヌは首を振る。

「いいえ。アレックス様は、皇帝の立場なのに、私たちを命を賭けて守ってくださった。もうそれだけで、十分です」

「ヨゼフィーヌ」

肩に置かれたアレックスの手が、そっと左手を握ってきた。

「この指輪を、外さずにいてくれたことが、なにより嬉しいよ」

彼の節くれだった指が、ゆっくりと指輪の嵌った薬指を辿ってくる。その艶めかしい動きに、ヨゼフィーヌの身体の芯が、じわりと熱くなった。

自分からもきゅっと指を絡め返し、頬を染めながら答えた。

「どうしても、これだけは身につけておきたくて……」

「ヨゼフィーヌ」

アレックスがヨゼフィーヌを自分の方に向かせ、左手の甲にちゅっと口づけをした。

「あらためて、私の求婚を受けてくれるかい?」

ヨゼフィーヌは脈動が速まった。

アレックスが少し緊張気味に尋ねた。

「それとも——やっぱり、ローズマリーと相談するか?」

ヨゼフィーヌは耳朶まで血を上らせ、かすかに首を振った。

「いいえ——私とローズマリーの気持ちはひとつです」

ヨゼフィーヌは、まっすぐにアレックスを見つめた。

「お受けします。あなたの妻にしてください」

アレックスが長いため息を吐いた。

「ありがとう、ヨゼフィーヌ——もしかしたら、この先の私たちの結婚には、幾多の困難が待ち受けているかもしれぬが、それでも気持ちは変わらないね?」

ヨゼフィーヌは深くうなずいた。

「変わりません。私はもう決心したのです。どんなに辛くても苦しくても、もう、逃げないって……あなたとローズマリーがいる限り、私は前を向いて生きていけるわ」

「——ヨゼフィーヌ、愛している」

アレックスが感極まった声を出し、ぎゅっと抱きしめてきた。

「愛しています、アレックス様」

ヨゼフィーヌもアレックスの背中に両手を回し、強く抱き返した。

互いの胸がぴったりと合わさり、力強く少し速い鼓動が伝わってきた。

アレックスは無言でヨゼフィーヌの髪や耳朶に口づけを繰り返し、ふいに横抱きにしてきた。

「あ」

アレックスの表情が、普段のように寛いだものに戻っていた。

「では、私たちの寝室に行こうか——今宵は存分に、あなたを愛したい」

彼は寝室へ移動しながら、ヨゼフィーヌへの口づけを続ける。

「ん、ん、ふ……」

ヨゼフィーヌもアレックスの首に腕を回し、口づけに応えた。

夫婦の寝室に入ると、アレックスは口づけを続けながらもつれ込むようにベッドの上に倒れた。

ヨゼフィーヌにのしかかるようにして、次第に深い口づけを仕掛けてくる。

「あん……ふ、ぁあ」

舌を絡め取られ、思い切り吸い上げられると、あっという間に淫らな欲望で身体中が熱くなった。

「ああ、ヨゼフィーヌ、ヨゼフィーヌ」

低い声で名前をささやかれ、貪るような口づけを繰り返され、甘美な快感に意識が蕩けてしまう。

「……ん、ふ、ぁ、ふぁあ、ん」

夢中になって、アレックスの舌の動きに応じていたが、彼の息をも奪う激しい舌使いに、先に音を上げてしまう。

下腹部に淫らな欲望が溜まり、舌の根まで吸い上げられるたび、ぴくんぴくんと腰が誘うように浮いてしまう。

これ以上官能的な口づけを続けられたら、意識が飛んでしまいそう。顔を捩って、唇を振りほどき、乱れた呼吸を繰り返す。

「は……はぁ、あ、ぁ……あ」

顔を起こしたアレックスが、涙目で全身をピンク色に染め上げたヨゼフィーヌを眩しげに見下ろした。

「ああなんて、あなたは可愛くて、いやらしいのだろうね」

アレックスは、薄い夜着の布を押し上げて、つんと尖っている胸の頂を指でそろりと触れてくる。

「は、あっ」

その刺激だけで、大きく腰が跳ねた。

アレックスは指先で凝った乳首を上下につま弾き、時にきゅうっと強めに摘み上げては、再び繊細な動きで撫で回してくる。

「あ、あぁ、あ、ん、あ、はぁっ」

つーんと痺れる快感が媚肉をきゅうきゅう収斂させ、それだけで達してしまいそうだ。

「あ、あぁ、だめ、あ、なんだか、あ、や……あ」

いつもよりも感情が昂ぶっているせいか、身体のどこもかしこも鋭敏になっている。

すでに潤っている秘裂の狭間から、さらに新たな愛蜜が溢れ出し、太腿までぐっしょりと濡らすのがわかる。

「すごく感じているね、乳首だけで達ってしまう？」

ヨゼフィーヌの顕著な反応に、アレックスが少し意地悪くささやく。その声にすら、甘く感じ入ってしまい、劣情に溺れるのが止められない。

「はぁ、や、だめ、あ、ほんとに、あ、達きそう……っ」

熱い愉悦の波が子宮の奥を支配し、ヨゼフィーヌはあえかな声で喘いだ。

「いい、達っておしまい」

掠れた声でつぶやいたかと思うと、アレックスが布越しに官能の塊と化した乳首を口腔に咥え込んできた。

ちゅうっと強く吸い上げられ、雷に打たれたようなびりびりした快感が襲ってきて、ヨゼフィーヌの腰が大きく跳ねた。

「ひあ、あ、ぁあ、あ、だめ……あ、ああ、あ」

ぐっと強くイキんでしまい、その瞬間、短い絶頂に飛んでしまう。

「ああ、あああぁっ」

背中が弓なりに反り、四肢がぴーんと強張る。

アレックスが満足げに笑みを漏らす。

「乳首だけで達ってしまったんだね——淫らで感じやすくて、最高だ」

これ以上の刺激には耐え難く、ヨゼフィーヌの身体はいやいやと身悶えた。

「や、だめ、あぁ、あぁん」

浮いた下腹部が、アレックスの股間に触れ、すでにそこも硬く漲っているのがわかった。

硬直した屹立が、熟れた秘部を刺激して、それがまた心地よい。

「は、はぁ、は、あぁ……」

無意識に腰が揺れ、滾るアレックスの欲望をさらに刺激してしまう。

「いけない子だね、そんな濡れた腰を押し付けてきては、私も堪らないよ」

アレックスは、自分も腰の動きをヨゼフィーヌに合わせ、互いに刺激し合う。

「あん、や、あぁ、アレックス様……」

ヨゼフィーヌの内壁が、苦しいほど蠕動する。

ヨゼフィーヌは潤んだ瞳でアレックスを見つめ、恥ずかしげに求めた。

「お、願い……もう、もう……ください」

自ら両足を開き、誘うように腰を押し付けた。

我ながら呆れるくらい猥りがましいことをしていると思ったが、溢れた劣情はもはや止められなかった。

早く愛する人とひとつになりたかった。

「アレックス様、あなたでわたしを満たしてください……いっぱいいっぱい欲しいの」

アレックスは酩酊した表情で目を眇め、おもむろに身を起こす。

「いいとも、欲しいだけあげよう。私も、あなたの中に入りたくて堪らなかった」

彼は素早く夜着を脱ぎ捨てると、啄むような口づけを仕掛け、ヨゼフィーヌの夜着を剝ぎ取った。

「ん、ん、ふ……」

口づけに応えながら、ヨゼフィーヌは両膝を立てて、アレックスを迎え入れる体位になる。

アレックスはヨゼフィーヌの身体を抱きしめ、ほころんだ花弁に熱く滾った欲望の先端を当てがった。

「んんっ」

すっかり濡れそぼっている蜜口は、アレックスが腰を軽く沈めただけで、あっさりと受け入れてしまう。

そのまま、一気に貫かれた。

「あ、あああああっ」

最奥まで突き上げられ、一瞬で絶頂に飛び、ヨゼフィーヌの背中が弓なりにしなった。

アレックスはその背中の隙間に手を回し、ぐっと引き寄せてさらに密着を深くする。

「あ、あぁ、あ、奥、届いて……あぁ、はぁあ」

自分の中が、アレックスの脈動でいっぱいになり、ヨゼフィーヌは満たされた悦びに四肢まで甘く蕩けていく。

「く――なんて締め付けだ。凄い、ヨゼフィーヌ」

アレックスが深く息を吐き、ゆっくりと抽挿を開始した。

「ん、んぅ、は、はぁ、あ、はぁん……」

ずちゅぬちゅと卑猥な水音を立てて、アレックスの太茎が熟れた媚肉を擦り上げ、亀頭の括れまで引き摺り出しては、最奥まで穿つことを繰り返す。

次第にアレックスの腰の動きが速まり、子宮口の少し手前のヨゼフィーヌが我を忘れて乱れてしまう箇所を、ごりごりと突き上げてきた。

「あ、あぁ、そこ、あ、悦い、あ、だめ……あぁっ、やぁ、だめぇっ」

はしたない嬌声が止められなくなり、魂がどこかへ飛んでいきそうな愉悦に、ヨゼフィーヌは夢中になってアレックスの背中にしがみついた。

「わかっているよ、ここをこうするのが好きだろう？　いやというほど、感じさせてやる」

息を乱したアレックスは、深く挿入しては腰全体を揺さぶるような動きを繰り返す。

「ふぁっっ、あ、やぁ、あ、だめに……あぁ、そこ、だめになっちゃう……っ」

次々押し寄せる快感の波に、ヨゼフィーヌの理性は押し流された。

アレックスの腰の動きに合わせ、自らも腰を蠢(うごめ)かせ、さらなる喜悦を貪ろうとする。

「ああ凄いよ、ヨゼフィーヌ、あなたの中、どろどろに蕩けて、熱くて、なにもかも吸い取られそうだ――」

アレックスの知的な額から、汗がぽたぽたと滴り、ヨゼフィーヌの顔を濡らしていく。

「んんぅ、ん、ぁあ、アレックス……！　ああ、アレックス、気持ち、悦い……のぉ」

ヨゼフィーヌは感極まり、思わず敬称を忘れた。

一人の女ヨゼフィーヌが一人の男アレックスを求めている。

すらりとした両脚をアレックスの腰に絡め、ぎゅうっと締め付けた。二人はぴったりと一体になり、快楽の頂点を目指して駆け上がっていく。

「やっと、私の名をそう呼んでくれたね、嬉しいよ、ヨゼフィーヌ——私も、とても悦い——愛している、ヨゼフィーヌ、一度、達くぞ」

「はぁあ、あ、愛してます、来て、アレックス、来て……っ」

どくん、とヨゼフィーヌの中で、アレックスの欲望がひとまわり大きく膨れ上がる。その極太の肉竿で擦られると、頭の中が真っ白に染まるほどの悦楽が生まれてくる。媚肉がひくひく強くわななき、アレックスの欲望をさらに奥へ奥へと引き込もうとする。

「っ——出る——」

アレックスが獣じみた呻き声を漏らし、何度も激しく腰を打ち付けた。その激しい勢いに、ヨゼフィーヌは最後の媚悦の高みに押し上げられた。

「ああ、あ、アレックス、あぁ、わたしも、もう……あぁ、一緒に……っ」

「く——出すぞ、ヨゼフィーヌ、あなたの、中に——っ」

アレックスがぶるりと胴震いする。

直後、どくんどくんと屹立が脈打ち、ヨゼフィーヌの内壁に熱い飛沫が吐き出される。

「あ、あぁ、あ、あ、熱い……あぁ、あぁあぁっ」

絶頂に飛んだヨゼフィーヌは、四肢を強張らせ全身で強くイキんだ。

「は――ぁ」

アレックスは、断続的に腰を打ち付けては、白濁のすべてをヨゼフィーヌの最奥へ注ぎ込んだ。そのたび、ヨゼフィーヌは腰を跳ね上げ、蜜口が勝手にきゅうっと締まって、アレックスの欲望をさらに搾り取ろうとする。

「ふ――」

射精し終えてなお、アレックスの肉棒は硬度を失っていない。

彼は吐精の余韻を楽しむように、びくびく震えるヨゼフィーヌの濡れ襞をぐるりと掻き回してくる。

「あ、ん、や……だめぇ……もう……もう……っ、おかしく、なるからぁ……」

ぐったり身体を弛緩させたヨゼフィーヌは、さらに与えられる刺激に、いやいやと首を振る。

度を超えた快楽から逃れるように、腰が引けそうになる。

するとアレックスは逃さないとばかりに、ヨゼフィーヌの細腰を抱えて引き寄せた。

「あっ……ん」

「おかしくなっていい――もっと乱れていいんだ」

アレックスは力を失ったヨゼフィーヌの両足を肩に担ぐように持ち上げ、ヨゼフィーヌの身体を二つ折りにするようにして、さらに深く結合してくる。そして、そのままゆっくりと抽挿を開始した。

「あっ、あ、や、もう……」

「許さないよ、まだ。もっと、もっと感じさせてあげる」

すっかり勃ちきった男根は、さらに勢いを増して媚肉を穿ってくる。

「だ、め、あ、あ、あぁ、や、ぁ、ああっ」

快楽がさらに上書きされ、ヨゼフィーヌは涙目で喘いだ。

笠の張った先端が、恥骨の裏側のひどく乱れてしまう部分をずんずんと攻めてきて、ヨゼフィーヌはどうしようもなく感じ入ってしまう。

「そこ、あ、だめ、そこ……あ、あぁ、やぁあっ」

ぴゅっぴゅっと熱い愛潮が噴き出し、互いの結合部をびしょびしょに濡らした。

「可愛いね、感じすぎて潮を噴いてしまうあなたが、とても可愛い」

アレックスが嬉しげにつぶやき、さらに抜き差しを加速させた。

「やぁ、ひどい、ひどい……あ、あぁっん、んっん、ん」

あんなに極めたのに、まだ感じてしまう自分の肉体の貪欲さに、ヨゼフィーヌは驚いてしまう。でも、それが愛するアレックスとだからこそ、とめどない悦びを感じるのだと知っている。

頤だけを持ち上げ、口づけをねだる仕草をする。

「はぁ、あ、アレックス、愛してます、愛してる」

「私も、愛しているよ、ヨゼフィーヌ」

アレックスが唇を重ねてくる。

「んんぅ、ん、ふ、んんぅ」

くちゅくちゅと強く舌を絡め合い、すべてがひとつに繋がって、二人は再び喜悦の頂点を目指していく。

鼓動も呼吸すらも一体化し、ヨゼフィーヌはもはやアレックスの存在以外は感じられない。

ほどなく、うねるような激しい絶頂が下腹部の奥から迫り上がってきた。

嬌声を上げようとしても、舌の付け根まで吸い上げられ、内部に溢れた歓喜は逃しようがなく、意識が薄れていく。

「む、は、はぁ、ふぁ、あ……んんんんんっ」

「く――っ」

二人はほぼ同時に達し、びくびくと結合部が痙攣する。

「はぁ……は、はぁ……」

ヨゼフィーヌは、歓喜に白く染まった頭の中で、感じ入った媚肉が収縮し、放出されたアレックスの熱い飛沫を吸い尽くすのをぼんやりと感じていた。

快楽の絶頂を極める瞬間もたまらない悦びだが、こうしてすべてを出し尽くして、ひとつに繋がっている時間に、ヨゼフィーヌは泣きたくなるくらいの幸福を感じる。

アレックスの引き締まった熱い肉体の存在感に、生きている喜びをしみじみ味わう。

両手に力を込めて、ぎゅっとアレックスの背中を抱きしめると、同じように力強く抱き返してくれた。

そして、どちらからともなく顔を寄せ、口づけを交わす。

「愛している、ヨゼフィーヌ」

「愛しています、アレックス」

二人は何度も愛をささやき、触れるだけの口づけを繰り返し、見つめ合い、微笑み合う。

ここまでくるのに、幾多の困難があった。愛し合っているのに、幸せまでの道のりは長かった。

けれど、今はこうして抱き合っているだけで、すべての苦しみは浄化されていくようだ。

そして、再び欲望に火が点り、愛し合う二人は互いを熱く求めていくのだった――。

――二年後。

アレックスとヨゼフィーヌは、正式に結婚した。

それまでも、事実上、二人は夫婦同然で皇城で生活していた。が、ヨゼフィーヌの身上に問題があるとして貴族議会では、皇帝の結婚承認に二の足を踏んでいたのだ。

だが、その間、アレックスは堂々とヨゼフィーヌを公の席にも出席させ、皇妃同然の扱いをして憚らなかった。

ヨゼフィーヌは、皇城を去ったアンナニーナ皇妹の代わりに、アレックスの公務を支え、率先して社会奉仕にも努めた。

国家行事の式典には必ずアレックスとヨゼフィーヌが臨み、二人の気品に溢れた堂々たる姿は人々に感銘を与えた。

若く美しいヨゼフィーヌが清楚(せいそ)な姿で、愛らしい娘ローズマリーを連れて、病院や孤児院、養老院などを毎日のように慰問して回る姿に、民たちは心打たれた。

また、外交の場でも、アレックスとともに、国外の皇族や王族たちと堂々と会見し、国際親善に大いに貢献した。

いつも凛（りん）とした佇まいのヨゼフィーヌと、心から彼女を愛し信頼しているアレックスの姿は、やがて、国中に認知されていったのだ。

二年の後には、保守的な貴族議員たちすら、ヨゼフィーヌ以外に皇妃にふさわしい女性はいないと賛美するほどだった。


そして、初夏の風が心地よく肌を撫でていく六月のある日。

郊外にある皇帝家の別城に向け、騎兵護衛兵たちに守られて、皇族専用の大型馬車が急いでいた。

車中には、アレックスとヨゼフィーヌ、ローズマリーが乗っていた。

窓際に座ったローズマリーは、膝上にプルーンを抱いて、窓の外を流れる景色に見惚れている。

「みてみて、プルーン。牛がいっぱいいるよ。あ、お馬さんもいるね」

小旅行にうきうきしているローズマリーをよそに、ヨゼフィーヌは緊張しきっていた。

「ああ――アレックス、わたし、不安で心臓が止まりそうです。前皇帝陛下と皇太后様は、わたしに会ってくださるでしょうか？」

向かいの席に座ったアレックスは、励ますようにヨゼフィーヌに声をかける。

「無論だよ。こうして、お前たちを連れていくことを受け入れてくださったのだ。お二人とも、私たちの来訪を、心待ちにしているさ」

ヨゼフィーヌは、今日初めて、前皇帝夫妻にお目通りするのだ。

彼らを危機に陥れたバルト前宰相の娘が、大事な一人息子の妻になることを、彼らは許してくれるのだろうか。

不安で神経がピリピリして、気が遠くなりそうだ。

やがて馬車は、風情のある古城の前に辿り着く。

馬車が止まると、先に下りたアレックスが、ローズマリーを抱き下ろしてから、ヨゼフィーヌに手を差し出す。

「では、行こう」

「はい」

握られた大きな手の温かさに、少しだけ緊張が和らぐ。

家族三人、ローズマリーを挟んで手を繋ぎ、ゆっくりと正面玄関に向かう。

その時、玄関階段の上に並んだ二人の人影が現れた。

前皇帝夫妻だった。

「ぁ」

まさかあちらから迎えに出てくるとは思っていなかったヨゼフィーヌは、小さく声を上げて、足を止めてしまう。

前皇帝アレクサンダーと皇太后ロザリンデの姿は、美しく堂々として風格に満ちていた。

ヨゼフィーヌは圧倒されて、顔を伏せてしまう。

「ヨゼフィーヌ、さあ」

アレックスが小声で促すが、ヨゼフィーヌは足が強張って動けない。

と、ふいにローズマリーが両親の手を振りほどき、たたっと玄関階段に向かって走り出した。その後ろから、プルーンが白い鞠のように転げそうな勢いで追いかけていく。

「ローズマリー、だめ……」

ヨゼフィーヌは止めようとしたが、その前にローズマリーは階段を駆け上がった。

「おじいちゃま、おばあちゃま！　はじめましてー」

ローズマリーは満面の笑みで、前皇帝夫妻の前に立つ。

すると、皇太后ロザリンデは膝を折り、両手を広げたのだ。

「よく来たこと！　あなたがローズマリーね」

「おばあちゃま!」

その腕の中にローズマリーが飛び込み、皇太后ロザリンデがきゅっと抱きしめた。

抱き合う二人を、前皇帝アレクサンダーは、柔和な表情で見つめている。

「ふふ、我が娘はほんとうに天使だ。もう、両親の心を鷲掴みにしてしまったようだ。ヨゼフィーヌ、私たちも挨拶しよう」

アレックスに促され、ヨゼフィーヌは勇気を奮って階段を上った。

二人の前に来ると、アレックスとヨゼフィーヌは最敬礼する。

アレックスが澄んだ声で言う。

「父上、母上。お久しぶりです。このたびは、我が婚約者との訪問をお許しくださり、感謝します」

アレックスによく似た端整な面立ちの前皇帝アレクサンダーは、重々しいが穏やかな口調で答えた。

「よく来たな。そちらが、ヨゼフィーヌ嬢であられるか」

ヨゼフィーヌは緊張しきって、声が掠れてしまう。

「初めまして、殿下。ヨゼフィーヌ・バルトでございます」

相手の反応が怖くて、顔を上げることができないでいた。

するると、晴れやかな声で皇太后ロザリンデが言った。

「ああ、待ち焦がれていました。アレックスの選んだ人にお会いできる日を！　それに、こんなに愛らしい孫にも会えて、アレクサンダー、今日は素晴らしい日になりそうね」

曇りのない声色に、ヨゼフィーヌはハッと顔を上げた。

ローズマリーを抱いた皇太后ロザリンデが、女神のように微笑んでいた。

「ようこそ、ヨゼフィーヌさん」

ヨゼフィーヌは感激で胸がいっぱいになった。

「あ、あの、皇太后様、わたしは……」

その時、ローズマリーがとびきりの甘え声を出した。

「早くう、おばあちゃま。お城の中を案内してちょうだい」

「あらまあ、そうだったわね。さあさあ、中に入りましょう」

皇太后ロザリンデは、そっとローズマリーを床に下ろすと、片手を握った。

二人は先に立って、賑(にぎ)やかにおしゃべりしながら玄関ホールへ入っていく。

前皇帝アレクサンダーは、慈しみ深い目でそれを見つめてから、アレックスとヨゼフィーヌを促した。

「さあ、入ろうか。我が妻が、昨日から腕をふるって焼いた菓子でもてなそう」

彼はゆったりとした動きで、ローズマリーたちの後を追う。

アレックスとヨゼフィーヌは、目線を交わし、その後から歩き出した。

ふと、肩越しに振り返った前皇帝アレクサンダーは、穏やかで静謐な眼差しでヨゼフィーヌを見た。

「ヨゼフィーヌ嬢。未来の幸せだけを考えなさい。我が息子アレックスと幸せになることだけを、思えばいいのだ」

情に厚い言葉に、ヨゼフィーヌは涙が溢れてくる。なんと器の大きい人たちだろう。愛するアレックスの両親だけあると、しみじみ感じ入った。

「はい……はい。ありがとうございます」

手を預けているアレックスが、万感の思いを込めるように、ぎゅっと強く握り締めてくれた。

その年の初秋、アレックスとヨゼフィーヌの結婚式は、首都の大聖堂で華々しく執り行われた。

豪華なウェディングドレスの裾持ちのブライズメイドの中には、輝くような美少女に成長したローズマリーがいた。

アンナは賓客扱いで客席の最前列に座り、ヨゼフィーヌの幸福そうな姿に嬉し涙を零していた。

式には、前皇帝アレクサンダーと皇太后ロザリンデも出席し、若き二人の新たな旅立ちを祝福した。変わらず美しく愛に満ちた前皇帝夫妻の姿に、国民の歓喜はいやが上にも増したのだ。

結婚式から一年後には、皇帝夫妻の間に、男の子が誕生した。

アルバローズと名付けられたその子は、父皇帝の青い目と母皇妃の艶やかな黒髪を受け継いでおり、天使のように愛らしい赤子であった。

姉のローズマリーも弟アルバローズも、愛情に溢れた皇帝夫妻のもとで、すくすくと賢く美しく成長した。

その後も、皇帝夫妻は仲睦まじく互いに敬い手を取り合って、ロマーニ皇国を栄えさせた。

後世、数奇な運命を乗り越え、皇妃の座に就いたヨゼフィーヌを、人々は「ロイヤル・シンデレラ」と呼び、幸福の象徴として名を馳せたのである。

終

あとがき

皆さん、こんにちは！　すずね凛です。

今回の「ロイヤル・シンデレラ・ママ」は、前作の「ロイヤル・シンデレラ・ママ〜冷徹皇帝がイクメンパパに大変身ですかっ？〜」の、その後のお話にあたります。

このお話だけで独立しているのですが、前作と合わせて読んでいただけると、さらに面白さが倍増するでしょう（いきなり宣伝　笑）。

前作では幼かった皇太子アレックスが主人公になり、恋に落ちるお話です。作者としては、母親の立場から、ああ息子もこんなに大人になって……と、せつない気持ちになります。

私にもリアルに息子がいるのですが、アレックスみたいにかっこよくも颯爽ともしていません。

でも、仕事以外はほとんど使い物にならない私を、フォローしてくれる優しさは持ち合わせています。

体力のない私は、ゴミ捨て、食器洗い、トイレ掃除、風呂掃除、力仕事などを、すべて息子にやってもらっています。なんていい息子なんでしょうと、言いたいところですが、「いいかい？　私が倒れたら収入ゼロで、一家離散だからね。私を助けないと、お前が困るのだぞ」

と、まだ学生の息子に経済的圧迫をかけて脅かして働かせているのです。非道な母であります。

今回のお話では、前回のお話のキーになる人物のその後が描かれます。前回、絵に描いたような悪役だった人を、今回はもう少し人間味があるように書きました。

悪役だって人間、人の親。子どもを思う親の気持ちは皆同じです。

乙女系では、子育ての大変な面はあまり描かれません。恋愛小説なので、そこはテーマの中心ではないからです。でも、お話の裏で、ヒロインが試行錯誤、四苦八苦しながら育児をしていることを、どうか忘れないでくださいね。

今回も、挿絵は前回の「ロイヤル・シンデレラ・ママ」と同じ、コトハ先生です。変わらず美麗なイラストに、皆さんうっとりしてください。

そして、毎回お手数をおかけしている編集さんにも、感謝します。

次回も、素敵なロマンスの世界でお会いできることを楽しみにしていますね！

ジュエル文庫をお買い上げいただき、ありがとうございます!
ご意見・ご感想をお待ちしております。

ファンレターの宛先

〒102-8177　東京都千代田区富士見2-13-3
株式会社KADOKAWA　ジュエル文庫編集部
「すずね凜先生」「コトハ先生」係

ジュエル文庫
http://jewelbooks.jp/

ロイヤル・シンデレラ・ママ
皇帝陛下(こうていへいか)はシークレットベビーに父性本能全開(ふせいほんのうぜんかい)ですっ!

2020年12月1日　初版発行

著者　すずね凜

イラスト　コトハ

発行者 ―――― 青柳昌行
発行 ―――― 株式会社 KADOKAWA
〒102-8177 東京都千代田区富士見2-13-3
0570-002-301(ナビダイヤル)
装丁者 ―――― Office Spine
印刷 ―――― 株式会社暁印刷
製本 ―――― 株式会社暁印刷

Printed in Japan
ISBN 978-4-04-912778-2 C0193

◇◇◇